SQUIRRELS AND
OTHER FUR-BEARERS

雪夜，狐狸毛茸茸

[美]约翰·巴勒斯 著　　张飒 译

中信出版集团 | 北京

图书在版编目（CIP）数据

雪夜，狐狸毛茸茸 /（美）约翰·巴勒斯著；张飒译 . -- 北京：中信出版社，2024.6
书名原文：SQUIRRELS and Other Fur-Bearers
ISBN 978-7-5217-6486-4

Ⅰ.①雪… Ⅱ.①约… ②张… Ⅲ.①随笔-作品集-美国-现代 Ⅳ.① I712.65

中国国家版本馆 CIP 数据核字（2024）第 076458 号

Simplified Chinese translation copyright © 2024 by CITIC Press Corporation
ALL RIGHTS RESERVED
本书仅限中国大陆地区发行销售

雪夜，狐狸毛茸茸
著者：　　　[美]约翰·巴勒斯
译者：　　　张飒
出版发行：中信出版集团股份有限公司
　　　　　（北京市朝阳区东三环北路 27 号嘉铭中心　邮编　100020）
承印者：　　北京启航东方印刷有限公司

开本：787mm×1092mm 1/32　　印张：5　　字数：91 千字
版次：2024 年 6 月第 1 版　　　　印次：2024 年 6 月第 1 次印刷
书号：ISBN 978-7-5217-6486-4
定价：45.00 元

版权所有·侵权必究
如有印刷、装订问题，本公司负责调换。
服务热线：400-600-8099
投稿邮箱：author@citicpub.com

[美]约翰·巴勒斯(1837—1921)

1918年,乔治·克莱德·费希尔 摄

美国国家肖像画廊

CONTENT

目录

I. 松鼠 1

II. 花栗鼠 13

III. 土拨鼠 29

IV. 兔子和野兔 37

V. 麝鼠 45

VI. 臭鼬 51

VII. 狐狸 59

VIII. 鼬 75

IX. 水貂　91

X. 浣熊　97

XI. 豪猪　103

XII. 负鼠　113

XIII. 野生小鼠　121

XIV. 野生动物拾趣　135

XV. 充满恐惧的一生　145

I.

THE SQUIRREL

松鼠

初秋十月的一天,我在树林里散步,忽见地面上密匝匝撒满了一片未剥壳的大毛栗子。仔细察看后,我发现每颗毛栗子都带着1英寸[1]左右的茎,切割得齐齐整整,而树上竟然一个也没剩下。这绝非意外,而是一场精心设计。谁的设计呢?当然是松鼠的了。这些栗子是我在树林里见过的最诱人的果实了,而某只聪明的松鼠已将它们据为己有。毛栗刚好成熟,正要开裂。不难发现,这只费尽力气的松鼠当初肯定是这样想的:"瞧啊,这些栗子真是棒极了,我全都要。如果等到它们裂口,那乌鸦和松鸦肯定会在栗子落地之前就叼走一大堆。接下来,风会把剩下的栗子呼啦一下都吹掉,到那时,老鼠、花栗鼠、红松鼠、浣熊、松鸡,更不用说小男孩和猪了,全都会来分一杯羹,所以我得提前行动。我会在毛栗成熟时把它们从茎上切断,像这种干燥的十月天气,

---

[1] 1英寸约为2.5厘米。——译者注(如无特殊说明,书中脚注均为译者注)

只要几天就会让地上的每一颗栗子裂壳,到时候我就可以趁机把宝贝坚果统统收走了。"当然,松鼠这样做也有风险,就比如像我这样喜欢东游西逛的人会不小心撞破他的秘密。但不管怎样,他已经比邻居们抢先一步了。我开始采集并剥开这些栗子,与此同时,周围树林里大概会传来一阵抗议声,因为我总感觉一双双害羞而又嫉妒的眼睛正盯着我。有趣的是,松鼠怎么知道毛栗子落在地上晾几天后就会裂开呢?也许他并不知道,只是觉得可以试一试。

松鼠在树上跳跃穿行时极为大胆和鲁莽,而原因之一无疑是,就算他们失足掉下来,也会毫发无损。每一种树松鼠似乎都能胜任某种初级飞行,至少能把自己变成一个降落伞,以便当他从极高处坠落或跳跃时有个缓冲。所谓的飞鼠(鼯鼠)就是其中翘楚。他展开毛茸茸的披风,腾空一跃,从一棵树顶端沿一个陡峭的斜面滑翔到另一棵树脚下,轻盈如鸟儿。不过,其他松鼠也会这一招,只是他们的衣裙没有那么宽大。有一天,我的狗把一只红松鼠逼上了一棵高大的山核桃树,这棵树矗立在陡峭山坡边的草地上。为了看看这只松鼠在被逼到绝境时会做什么,我爬上了树。当我靠近时,他躲到了最高的树枝上,而当我继续向上爬时,他大着胆子凌空一跃,完全舒展身体,在尾巴和四肢轻快而颤悠悠的摆动中缓缓下降,落在我身下 30 英尺[1] 处的地面上,显然毫发

---

[1] 1 英尺约为 0.3 米。

I. 松鼠

无伤——因为他一溜烟地躲过了狗的追赶,逃到了另一棵树上。

关于松鼠在空中跳跃或下落时部分抵消重力的能力,最近一位在墨西哥旅行的美国人举了一个更惊人的例子。男孩们抓住了一只墨西哥黑松鼠,他的个头几乎有猫那么大。有一次松鼠从他们身边逃走了,在男孩们追赶松鼠时,他从一棵松树的顶端飞跃 60 英尺,跳到了一栋房子的屋顶上,毫发无损。其中一个男孩的祖母听说了这一壮举后,坚称松鼠一定是被施了魔法,而男孩们则提议把松鼠从 600 英尺高的悬崖上扔下去,以进一步验证魔法的真伪。为了确保机会的公平性,旅行者出手了。"小囚犯"被装在枕套里带到悬崖边,然后枕套打开,让他可以选择是继续当俘虏还是跳下去。他向下看了看可怕的深渊,又向身后和侧面看看,眼睛熠熠闪亮,蹲伏着。眼看无路可逃,"他纵身向空中一跃,不是一头栽下去,而是飞舞着下了深渊,四肢像游泳的贵宾犬一样摆动着,而且越来越快,微微翘起的大尾巴像羽扇一样张开。一只同样重量的兔子落到崖底会用大约 12 秒,而松鼠的这段行程则延长到了半分多钟",并且"落在了一道石灰岩岩架上,我们可以清楚地看到他后腿蹲地,抚平了自己被吹乱的茸毛。然后,他神气活现地一甩尾巴,直奔小溪,美美地喝饱后,又蹦蹦跳跳地钻进了柳树丛"。

这个故事乍看起来有些不可思议,但我毫不怀疑我们的红松鼠能顺利完成这样高难度的跳跃。但为什么大黑松鼠不行呢,毕竟他的降落伞比红松鼠的还要大?

松鼠的尾巴又宽又长又扁平，不像地鼠、花栗鼠、土拨鼠和其他地面啮齿动物的尾巴那样短小。当他在空中跳跃或下落时，尾巴会拱起并快速振动。因此，他那像旗帜的尾巴并非单纯的点缀——既能助力飞行，还能充当睡觉时用来包裹身体的斗篷。

在我描述的飞跃过程中，松鼠大幅度地劈开腿，身体变宽展平，尾巴变硬并微微弯曲，整个过程都伴随着一种奇特的颤抖。很明显，他是刻意在空中舒展身体的。在我看来，红松鼠几乎可以从任何高度跃到地面而不受重伤。至于飞鼠，他并非真正意义上的飞行专家。在地面上，他不如花栗鼠敏捷，因而更弱小无助。他只能从一棵树的顶端沿一个陡峭的斜面滑翔到另一棵树脚下。飞鼠只在夜间活动，大大的眼睛闪着温和的光，皮毛柔软，动作轻灵而胆怯。他是啮齿动物中最温顺、最无害的。在我住所附近的一栋无人居住的乡间大房子里，一对飞鼠连续两三年都把窝安在上层窗户的百叶窗后面。你可以站在室内，透过他们爱巢紧贴的玻璃窗观察这幸福的一家。窗台上有一堆又大又亮的栗子，显然是他们未雨绸缪的囤货，因为在我观察期间，这堆栗子并没有减少。做巢所用的棉布和毛料是他们从一个房间的床上偷来的，至于他们是如何进入房间并拿到这些东西的，我们仍不得而知。除了烟囱的烟道，似乎没别的途径了。

尽管天性害羞，但红松鼠和灰松鼠在整个冬天都还挺活跃的，而且我还认为，他们有时会在夜间活动。这里，一只灰松鼠刚刚

《普通飞鼠》

1843年,约翰·詹姆斯·奥杜邦 绘

阿蒙·卡特美国艺术博物馆

经过，从那棵树下来，又从这棵树上去；在那里，他挖到了一个山毛榉坚果，而毛刺壳则被留在了雪地上。他怎么知道要去哪里挖呢？在一个异常严酷的冬天，我曾见他长途跋涉，穿越偏僻田野，来到一个谷仓，那里储藏着小麦。他怎么知道那里有麦子呢？在返程时，不畏冒险的松鼠经常被撞倒，因此陷入深雪中。

他的家筑在某棵老桦树或老枫树的树干上，入口高耸于树枝中间。当春天来临时，他会在一棵邻近的山毛榉树顶上，用叶子繁茂的小树枝为自己搭建一座避暑别墅，在那里养育孩子，并度过大部分时光。但枫树上还有更安全的隐蔽所，到了秋天，或当危险来临时，松鼠一家老小都会躲到那里。至于枝叶间这座临时的居所是为了雅趣和享乐，还是为了卫生与家庭便利，自然学家没有提及。

松鼠这种优雅的动物，习惯保持干净爽利，举止风度翩翩，动作灵巧大胆，人们对其赞赏之情堪比鸟儿和大自然中更美丽的生灵对人类的触动。他在林间的穿梭就如同在飞行一般。事实上，飞鼠较之松鼠几乎没有任何优势，在速度和灵活性上差一大截儿。如果失足掉落，他肯定会抓住下一根树枝；而如果连接部分断裂，他会不顾一切地跳向最近的树枝——无论大小，即使是用牙咬，也要牢牢抓住。

在鸟儿迁徙、大自然的节日气氛开始消退的秋季，松鼠的嬉戏和欢庆拉开了序幕，在十月宁静的树林里漫步，他的出现给我们增添了不少乐趣！你轻轻迈进森林，坐在第一段木头或第一块

I. 松鼠

岩石上静候信号。这里异常幽静，听力似乎突然变得敏锐，眼睛也不会错过任何细微的动态。很快，你听到树枝沙沙作响，看到它摇曳或是弹起，那是松鼠在上面蹦来跳去。或者，你听到枯叶中传来一阵骚动，接着就看到一只松鼠正在地上快跑。他可能已经看到了闯入的不速之客，不喜欢来人鬼鬼祟祟的举动，想避免与人过于亲近。现在，他爬上一根树桩，环顾四周，检查道路是否畅通，然后在一棵树下停顿片刻，以此判明自己的方位。随着松鼠轻盈的弹跳，他的大尾巴在身后如波浪般起伏不定，为他的动作增添了一分从容的优雅和庄重。还有时候，一颗假坚果掉到地上，或是树叶间嚼碎果壳的咔嚓声，会提醒你他就在附近。又或者，他在暗中观察了你一会儿，觉得你并不危险，就在树枝上端起架势，开始吱吱嘎嘎大叫起来，尾巴也有节奏地摇来摆去。傍晚时分，在同样的寂静笼罩下，同样的场景再次出现。有一种黑松鼠相当罕见，但可以自由地与灰松鼠交配，似乎他们除了颜色之外，并无其他不同。

红松鼠比灰松鼠更为常见，没有对方那么高贵，也会更常在谷仓和粮田里小偷小摸。他最常出现在橡树、栗树和铁杉的混交林里，还会从这些地方溜到田野和果园去，一路沿着篱笆的顶端飞跑，而篱笆不仅为其提供了便利的交通线，也是危险来临时的安全退路。他喜欢在果园里流连，在围墙顶端的石头上或篱笆最高的木桩上坐直，咬碎一个苹果，吃掉里边的种子，他的大尾巴贴着背部的弧度拱起，小爪子把苹果翻过来掉过去。他是一道俏皮的风景，那靓丽、玲珑的外表弥补了他所做的一切恶作剧。他舒适自在地藏身于林中，极其顽皮好动，还喜欢喋喋不休。任何不寻常的事物，如果他观察片刻后认为没有危险，就会激起他无尽的欢乐和嘲弄，令他吱吱窃笑，呱呱饶舌，几乎不能自已。他时而飞快地蹿上树干，讥诮地长声尖叫，时而又跳到一根大树枝上摆好姿势，随着自己咯咯笑的伴奏，手舞足蹈起来，而这一切仅你有幸目睹。

松鼠这种明目张胆的取乐和嘲弄颇有些像人。那似乎是一种讽刺的笑，其中隐含着自我感觉良好的骄傲和得意。他仿佛在说："瞧这个愚蠢的家伙！又笨拙又别扭，而且哪有什么尾巴呀！还不如看看我呢，瞧！"接着，便开始以他最优雅的姿态四处欢蹦乱跳。再一次地，他似乎是在逗你玩，吸引你的注意，接着突然又聒噪起来，声调中带着乐呵呵、孩子气的藐视和奚落。而那只漂亮的小精灵，花栗鼠，则会坐在洞穴上方的石头上挑衅你，仿佛是在放话，有本事的话，就在他钻进洞里之前抓住他。

严酷的冬天对花栗鼠的影响不大，毕竟地下和岩石下的洞穴里舒适又暖和，洞里还储藏了大量的坚果或谷物。我听说从一个花栗鼠洞里曾挖出了将近半蒲式耳[1]的栗子。除非冬天非常暖和，否则花栗鼠在十一月就会躲进洞里，直到来年三四月份才出来。灰松鼠在住宅附近的公园和小树林里被部分驯化之后，据说他们

1　1蒲式耳约合36升。

I. 松鼠

会在地上到处埋藏坚果,东一处西一处,等冬天再从雪下挖出来,而且总是一挖一个准儿。

红松鼠可不像深谋远虑的花栗鼠那样会储备口粮,而是一年四季风雨无阻地到处觅食。他们吃枝头上挂着的铁杉种子、盐肤木果,以及冻苹果里的籽。我曾看到树林附近一棵野苹果树下撒满了冻苹果被嚼过的碎渣,而这无疑是松鼠在取食种子时的杰作:一个苹果也没有留下,一粒种子也没有漏掉。不过,这个地方的松鼠显然在春天来临之前生活变得颇为拮据,因为他们又开发了一种新的食物来源。在树林附近的石头栅栏旁,一棵约 40 英尺高、树冠繁茂的小糖槭遭到了袭击,树皮被剥掉了一半多。松鼠似乎是要吃掉树皮和木质之间柔软的白色黏液物质(形成层)。地上到处都是树皮碎片,而那些白色的裸露的茎和树枝也都被细密的牙齿刮过。当早春的树液生成时,松鼠会把它当作食物稀缺时的补充。他们用凿子一样的牙齿在枫树枝干的树皮上钻孔,吸吮慢慢渗出的甜美汁液。这虽然算不上什么食物,但聊胜于无。

我说过,红松鼠不会像花栗鼠和林区鼠类那样储备过冬的食物,但在秋天,他有时也会用一种巧妙的方法临时囤积粮食。我见过他的积蓄——白胡桃和黑胡桃——东一处西一处地藏在他的巢附近大大小小的树上,有时是小心翼翼地塞在树枝的直立分叉上。十一月下旬的一天,我在路边一小片长满槐树、栗子树和枫树的林子里发现了十几个这样的黑胡桃,对这只狡诈的红松鼠明智的远见不禁莞尔。他的补给这样布置可能比精心储存起来更为安全。它们分散得很巧妙，他没有把鸡蛋全放在一个篮子里，而他离家时也丝毫不用担心自己的仓库会失窃。过了一周，当我经过那条路时，坚果只剩下两颗，其余的都不见了。显然是那只红松鼠对它们行使了所有权。

有一件事（也许不止这一件事）红松鼠知道，但我不知道，那就是，果肉在白胡桃的哪一边。他咬穿果壳时，总是能一下子直击果仁的侧面，从而轻轻松松地将其叼出来。但在我眼里，这种坚果的外观没有给出任何标志或暗示，它不像山核桃的果实那样带有明显的印记，让人可以判断出这是果肉的边缘还是侧面。但是，检查松鼠啃过的坚果后，你会发现他们总是在最容易露出果肉的地方钻开果壳。他偶尔也会犯错，但次数并不多。这一点很重要，他们也确实知道。毫无疑问，如果白胡桃是我的主要食物来源，而我又必须咬开它们，我应该也会知道果肉藏在哪一边。

红松鼠和灰松鼠没有颊囊，因此他们搬运东西时都要靠牙齿叼住。整个冬天他们或多或少都会有所活动，但十月和十一月是他们的欢庆月份。在一个霜降的十月清晨，闯进某片白胡桃或山核桃林，去聆听红松鼠在一根水平的枝条上踏出的朱巴舞吧。这是一种最欢快的舞蹈，孩子们称之为"有规律的打击乐"，其间夹杂着尖叫声、窃笑声和嘲弄的大笑声。在松鼠的这支舞蹈中，声音部分最引人注目的地方是二重唱。换句话说，他似乎在用某种口技为自己伴奏，声音好像一分为二：一部分是低沉的喉音，另一部分则是尖锐的鼻音。

II.

THE CHIPMUNK

花栗鼠

三月的第一只花栗鼠就像第一只蓝鸲或第一只知更鸟,是春天来临的标志,也同样大受欢迎。还潜伏在地下深处洞穴里的他感受到一股温暖的力量唤醒了他,并引诱他来到阳光下。红松鼠整个冬天多多少少都还在活动,留下的足迹会印在每一场新雪上,但是花栗鼠早在十二月就从人们的视线中消失了,躲进地下几英尺深的安乐窝里,靠坚果囤货度过严酷的冬月。因此,当他在三月露面,沿着篱笆来回奔忙,或是在树林里其洞口附近的一段木头或一块石头上趴着休息时,这又是春天即将来临的信号。他储藏的坚果可能吃完了,也可能没吃完,但可以肯定的是,他可不是懒虫,不会把明媚温暖的大好时光浪费在呼呼大睡上。

　　在第一朵番红花破土之前,你可以寻找第一只花栗鼠。当我听到毛茸茸的小啄木鸟开始敲响其春天的鼓点时,就知道花栗鼠该出来了。当啄木鸟的声音传到其耳朵里时,他就不能再睡了。

　　显然,他出洞后,一旦树立起自信,当务之急就是去求偶。

据我观察，花栗鼠的交配期通常在三月。一只雌花栗鼠会吸引附近所有的雄性。三月初的一天，我在一个石栅栏附近工作了几个小时，而一只雌花栗鼠显然在那里安了家。那天，她的追求者真是络绎不绝！看他们是多么行色匆匆啊，经过彼此时还不时恶狠狠地拍对方一爪子或咬上一口。而幼鼠会在五月出生，一胎有四五只。

花栗鼠喜欢独居，我还从未见过多只花栗鼠栖居在同一个洞穴里。显然，他们中没有任何两只愿意同处一个屋檐下。他是个多么干净、玲珑、敏捷、胆怯的小家伙啊！当他在路边的墙头上直起身子，两只小手垂在胸前，专注地看着你时，他的心跳得多快啊！你的手臂只要轻轻一动，他就会噌的一下钻进墙里，像是调皮地当着你的面在身后砰地关上了门。

在秋天某个静谧的、坚果丰收的日子里，树林里会常常回荡着一阵低沉的声音，那是他们坐在洞穴附近时发出的此起彼伏的咯咯叫声，是秋天特有的声音之一。

有一年十月，我目睹了一只花栗鼠把坚果和其他食物搬进自己的洞里，觉得格外有趣。他设计了一条相当清晰的小路，从家门口出发，穿过成片的杂草和枯叶，直达他的觅食地。这条路弯弯曲曲，穿过杂草、一些松散堆积的大石头和一堆栗木桩，然后沿着一堵残破的老墙向外延伸。他来来回回忙个不停，动作就像上满发条的钟表。他总是采用冲锋和突袭的行动方式，从未有一刻放松警惕。他会在洞口露头，迅速环顾四周，几步跳到草丛中，

II. 花栗鼠

抬起一只脚稍作停顿,踩着一些枯叶快速溜出几码[1]远,又在小路边的树桩旁停顿一下,再冲过小路直奔那些松散堆积的石头,钻入第一堆底下,又翻过第二堆顶上,跑到木桩堆,径直穿过去,从另一侧对自己的行程审视片刻,然后急速冲向某个掩蔽物,一转眼就消失在我的视野中。我想他是去捡橡子了,因为附近除了橡树外,没有其他树可以结坚果。四五分钟后,他就会跑回来,而且总是严格按照去时的路线,在同样的地方稍作停留,越过同样的障碍物,一跃而起,跳过同样一堆树叶。在我观察他的整个过程中,他的行动方式没有发生丝毫变化。

他机警、谨慎,做事极度循规蹈矩。如果发现某条路线很安全,就绝对不会偏离这条路,似乎有个声音一直在对他说:"当心,当心!"而这些动物惶恐又急躁的举止无疑是时刻生活在惊惧下的结果。

我的花栗鼠没有同伴。他们通常过着真正的隐士生活。人们可能会认为,作为一种精打细算过日子的动物,他应该早就发现,与三两同伴一起穴居可以节省食物。

初春的一天,住在我附近的一只花栗鼠遭遇了一场惊心动魄的历险,这次的记忆可能会在她的家族中代代相传。当时,我坐在避暑屋里,猫咪尼格趴在我的膝上。那只花栗鼠从几英尺外的洞穴里探出头来,迅速跑到离我坐的地方大约 20 码远的一堆栗

---

[1] 1 码约为 0.9 米。

《花栗鼠》

1731—1743,马克·凯茨比 绘

明尼克收藏,埃塞尔·莫里森·范·德利普基金会

树桩那里。尼格看见了这个小家伙，立刻跳到地上。我厉声喝住了尼格，尼格便坐下来，把爪子蜷在身下，兴奋地盯住花栗鼠。我猜，猫咪一定是觉得花栗鼠待在木桩堆里没救了。"那可不是你的猎物，尼格，"我说，"所以你就别操心了。"就在这时，我被叫进屋里，耽搁了大约五分钟。我出来的时候，正撞见尼格叼着花栗鼠朝房子走过来。尼格一副赌赢了的神气，咬住花栗鼠的喉咙，小家伙的身体软绵绵地垂在猫的嘴边。我赶紧把花栗鼠夺过来，并狠狠训斥了尼格。花栗鼠躺在我的手里，就像死了一样，虽然她身上没有猫的牙印。很快，她开始大口喘气，一下又一下。我看出猫只是使她暂时窒息了。不一会儿，她眼睛上的薄翳退去了，心脏明显开始恢复跳动，呼吸也慢慢变得规律。我把她放到她的洞口，一转眼，她就连爬带踢地钻了进去。下午，我在那里放了一把玉米粒，以表达我的同情，也算是尽可能弥补尼格的暴行。

直到四五天之后，我的小邻居才又从洞里钻出来，而且只露面了一小会儿。她大概在想，那个长着黄绿色大眼睛的黑色怪物可能还潜伏在周围呢。就已知情况而言，我家的黑色怪物是如何迅速捕捉到这只警觉而躁动的花栗鼠的，仍是个未解之谜。花栗鼠的眼力难道不似猫那般敏锐，动作不似猫那般敏捷吗？不过，猫确实有捕捉松鼠、鸟类和老鼠的秘诀，遗憾的是，我还没有亲眼见过。

没过多久，这只花栗鼠就像往常一样出入自如了，尽管黑色怪物的阴影仍挥之不去，让她的所有动作都变得更迅速、更警觉。初夏时节，四只小花栗鼠从洞里钻了出来，自由自在地四处跑跳嬉戏。现在没有什么可以打扰他们了，唉，因为尼格已经死了。

一个夏日，我花了将近半小时的时间观察一只猫在一只花栗鼠身上尝试她的捕猎技艺。花栗鼠坐在一堆石头上，他的洞穴就在那里，显然，猫的游戏就是跟踪他。当我碰巧观赏到这场小游戏的时候，猫已经跑过了从一棵茂密的挪威云杉到花栗鼠的一半距离，也就是大约12英尺。她蹲伏在草地上，压低身子，黄色的大眼睛紧盯着花栗鼠不放，而花栗鼠则坐在他的洞口，一动不动，眼睛也紧盯着猫。很长一段时间内，双方都纹丝不动。我心想："猫会用她致命的魔咒降伏花栗鼠吗？"有时，猫的头慢慢低下，瞳孔似乎放大了，我以为猫马上就要起跳。但猫没有。距离太远了，不可能一跃而过。接着，花栗鼠紧张地动了动，但一直死盯着敌人。后来，猫显然累了，放松了一点，朝身后看看，又蹲了下来，把目光锁定在花栗鼠身上。但对方不肯被催眠，来回挪动了几次，最后看准机会，迅速钻进了自己的洞里，而猫也很快溜走了。

在挖洞时，花栗鼠显然会把松土运走。在他的门前还从未见过一粒土。这时候，花栗鼠的颊囊或许派上了大用场。仅有一次，我看到一只花栗鼠的洞口前有一堆土，而那是因为小建筑工人直到十一月下旬才开始造房子，大概是太忙碌，还顾不上清除门前这块污渍。每天早上散步时，我都要经过他家，而我的目光总是

II. 花栗鼠

落在那一小堆新挖出来的红土上。不久后,我路过时经常会把正在布置新家的花栗鼠吓一跳,他正往洞里搬运枫树和悬铃木的干树叶。他会抓住一片大叶子,用双手把它塞进脸上的颊囊里,然后带进洞。我有好几天都看到他在忙活。我相信他已经准备好了过冬的食物,不过还是有点疑虑。他正急着为自己建造新家,而当他还在工作时,十二月的严寒已经降临。也许他已经从旧居运走了食物,不管那是在哪里。但也有可能是其他花栗鼠既霸占了他的房子,也抢走了他的储粮。

有人告诉我,他曾亲眼见到,花栗鼠在挖洞时,会在地表下1英尺或更深的土中推进好几码远,把土装在颊囊里,带出来倒在入口旁边。然后他会从下往上打一个新洞,当然,距离第一个洞有好几英尺远。接着把第一个洞口封死,以后只用新的洞口。我毫不怀疑,这才是花栗鼠挖的洞旁看不到一堆新土的真正原因。

当吃不到坚果或谷物时,这些勤俭的小动物就会找一些替代品来帮他们挨过冬天。我的书房附近住着两只花栗鼠,他们从10到12杆[1]外的一棵大樱桃树下捡回樱桃核,忙活了好多天。由于没有了尼格的骚扰,他们变得无所畏惧,经常在花园小路上奔跑,穿梭于洞穴和食物来源之间,行为异常大胆。攒够了樱桃核之后,他们又接着采集附近一棵糖槭的种子。待枫叶落尽后,树上还留着许多翅果,花栗鼠就跑去采摘这些果实。他们会迅速爬

---

[1] 杆(rod):长度单位,1杆约为5米。

上树梢，伸出小爪子够到翅果，掐掉翅状的果皮，手脚麻利地把种子塞进颊囊里。深秋时节，我经常看到他们日复一日地这样忙碌着。

如我所说，我从未见过多只花栗鼠住在同一个洞穴里。三月的一个清晨，一场小雪过后，我看到一只花栗鼠从他的洞里钻了出来，那个洞就在通往葡萄园的小路边上。他停下来，仔细审视了一下周围的环境，之后开始了一天的旅行。我循着他的足迹追踪他的行程，只见他穿过我的柴堆，然后跑到蜂巢下面，继而绕过书房，又经过一片云杉树，再顺着山坡来到他一个朋友的洞口，这里离他自己的洞大约 60 码。显然，他从洞口进去了，然后他的朋友和他一起出来，因为这个入口前有两道足迹。我跟着他们来到不远处第三个不起眼的洞口，但那里的足迹太多了，我根本分辨不清。不过，在新下的雪上看到他们清晨活跃的足迹，确实是一件令人愉悦的事情。

我最近发现，花栗鼠的天敌之一是鼬。秋日的一天，我坐在树林里，忽然听到细微的叫唤声，还有几杆外一棵树的枝叶间窸窣的响动。我循声望去，只见一只花栗鼠从空中掉了下来，恰好落在离地面二十多英尺的一根树枝上。他似乎是从靠近树顶的地方坠落的。

花栗鼠紧紧抓住那根幸运地阻挡了他一落到底的小树枝，一动不动地坐着。不多会儿，我就看见一只鼬——属于一个体型较小的红色品种——沿着树干溜下来，开始在花栗鼠所在的那层树枝间搜寻。

我立刻就明白了事情的原委。鼬把花栗鼠从地上石头间的藏身处赶了出来，并且紧追不舍，逼得他躲到了树顶上。但鼬也会爬树，于是跟着吓坏的花栗鼠一口气爬到了最高的枝头，并且试图抓住他。惊恐万分的花栗鼠害怕得松了手，尖叫着从空中掉下来，撞到了前面所说的树枝上。现在，他凶残的敌人又在寻找他了，显然完全是靠嗅觉在引路。

鼬怎么知道花栗鼠没有直接掉到地上呢？他当然知道，因为当他来到同一层的树枝上时，就开始搜寻了。花栗鼠如同泥塑木雕般，吓得全身僵直，呆坐在离鼬不到 12 英尺的地方，而鼬却视而不见。

绕了一圈又一圈，爬上又爬下，鼬在树枝间翻来覆去地搜索着。他是多么着急啊，生怕气味会消失！他看起来多么狡猾、冷酷和凶恶！看他蛇行般的动作，他真是既执着，行动又迅速！

可鼬似乎犯难了。他知道猎物就在附近，却无法精确定位。花栗鼠坐在一根树枝的末端，而它从树干向外跑出七八英尺，然后一个急转弯，向下探出，与它最初的线路形成了一个直角。

鼬每绕一圈都会在这根拐弯的枝条处停住，掉头回来细细察看。他似乎知道猎物就在这根特殊的树枝上，可枝条的奇特扭曲每次都瞒过了他。但他没有放弃，而是一次又一次地重复往返。

我们可以想象花栗鼠的心情，他就坐在几英尺外的地方，看着自己的死对头苦苦搜寻线索。每当对方碰到那根致命的树枝，他的小心脏一定吓得都骤停了！也许在万不得已时，他又会松开手，落到地上，说不定那样可以再躲避一段时间。

五六分钟后，鼬放弃了搜寻，急匆匆地从树上下来。花栗鼠纹丝不动地继续坐了很久，然后轻轻挪了一下，仿佛又燃起了生的希望。接着，他紧张地环顾四周，打起精神，改变了姿势。很快他就小心翼翼地沿着树枝向树干移动。又过了一会儿，他终于鼓起勇气下到了地面上，我希望从那以后再也没有鼬来打扰他。

有一季，一只花栗鼠在我家花园上方的露台边做了窝，每天早上都忙着往家里储存他从10到12杆之外的田里偷来的玉米。在大约一半的路程中，这个小偷很是明目张胆。从他的洞里出来后，沿途第一个掩护是一棵大枫树，他总是在那里停下，四处观望一番。我看到他一溜烟地飞奔到枫树脚下，再从那里到达玉米地边上的篱笆，最后满载赃物归来。一天早上，我趁闲暇时停下来，想更仔细地观察他。他从窝里冒出来，直起身子想看看我到底有什么企图。他的前爪紧抱在胸前，正像一双手，指尖插进背心口袋里。感觉无须担心我之后，他就直奔枫树。但是，就在快到树下时，他突然掉头，竭尽全力朝着洞口逃去。当他快到洞口时，我看到空中有个蓝莹莹的东西箭一般地向他逼近，而当花栗鼠消失在洞里时，一只伯劳鸟飞到了洞口前，张开双翅和尾羽盘旋了一会儿，又朝洞里看了看，然后转身飞走了。显然，这只花栗鼠侥幸死里逃生，不过我敢说，那天早上他肯定再也没有偷过玉米。据说伯劳鸟会捉老鼠，但人们并不知道他还会攻击松鼠类。

II. 花栗鼠

伯劳鸟当然不可能掐死花栗鼠,所以我很想知道如果他追上花栗鼠,会有什么结果。也许对他来说,这只是一种虚张声势的炫耀,显示自己能大胆地冲上去,而其实根本就没有风险。他模拟了松鼠真正的敌人——老鹰,并且无疑乐在其中。

树林里的居民似乎知道什么时候你的到来不会打破和平,就不像通常那么害怕了。今天,当那只土拨鼠从他躲藏的灌木丛中看到我走近时,他不是猜到了我并非冲他来的吗?但是,当他看到我刻意停下,正好坐在他洞口上方的石头墙上时,他的信念就大大动摇了。他显然反复斟酌了一会儿,因为我听到了枝叶在沙沙作响,似乎他在下决心,这时他突然跳出藏身处,全速向洞口冲过来。如果是其他动物,早就拔腿逃跑了,但土拨鼠的腿脚可没那么轻快,所以他认为只有躲到洞里才最安全。他以最顽固、最坚定的姿态发起冲锋,而且我敢说,如果我当时坐在他的洞口旁边,他肯定也会毫不犹豫地向我发动攻击。我可没有给他这个机会。他从我身下呼啸而过,一头扎进洞里,还喷出一声挑衅的鼻息。再往前走,一只调皮的花栗鼠也异常大胆,认定了我绝不会伤害他。我原本停下来,在一条鳟鱼游弋的小溪里洗了洗手和脸,把一个锡杯放在脚边的石头上,而杯子里装了一些我穿过田野时采的草莓。这时,那只花栗鼠跑了过来,好像确切地知道自己是去哪里一样信心十足,完全无视我的存在,翘起身子趴在杯沿上,开始吃我最心仪的浆果。我一动不动地观察着他。他刚吃了两颗,似乎灵光一闪,想到自己可以做得更好,便开始往颊囊里塞。两颗、四颗、六颗、八颗……我的浆果很快就消失不见了，而小游民的脸颊也肿了起来。但他一边装，一边也在吃，这样就一刻也不浪费了。之后，他跳下杯子，从一块石头蹦到另一块石头上，就这样过了小溪，消失在树林里。过了两三分钟，他又回来了，像上次一样继续连吃带装，然后又一次消失了，我猜他是去告诉一个朋友，因为过了一两分钟，来了一只短尾巴的花栗鼠，好像在找什么东西，跳上跳下，又绕了一圈，但就是没找到确切的位置。不一会儿，第一只花栗鼠第三次回来了，可他现在变得有点挑剔，因为他开始分拣我的浆果，还每颗都咬上了一口，好像在通过品尝对浆果进行质检。不过，他很快就装载完毕，又匆匆出发了。但我现在已经厌倦了这个玩笑，我的浆果也明显少了很多，所以我就走开了。整个事件中最奇特的是，这个小窃贼每次都从不同的方向离开，又从不同的道路回来。这究竟是为了躲避追捕，还是他在向周围的朋友和邻居分发水果，给他们午餐吃草莓的特大惊喜呢？

还有一次，我发现三只花栗鼠相当逗趣，似乎在玩某种游戏，像是在捉人。他们跑了一圈又一圈，先是一只带头，然后是另一只，仿佛孩童般天真而欢快。花栗鼠有一点很特别：他离家永远都不会超过一跳的距离。你随便在哪里对他动手，他一跳就能躲入洞中。即使洞口被树叶遮住，他也知道洞在哪里。而且，毫无疑问，他也有幽默感和乐趣，而哪只松鼠没有呢？我曾花半个小时看两只红松鼠在路边枝条交错的大树上奔跑穿梭，明显就像两个男孩那样在玩捉人游戏。一旦追赶者赶上被追者,并真正触碰到对方,情势就发生了逆转,后者会掉头就跑,拼尽全力并以最快的速度设法逃脱同伴的追逐。

  据我观察,在靠近花栗鼠洞穴的树林里,任何不寻常的骚乱都会导致他们搬家。有一年十月,我连续很多天都看到一只花栗鼠把从附近田里偷来的荞麦运进洞里。这个洞离我们挖石头的地方只有几杆远,而随着我们工作的开展,喧闹声越来越大,花栗鼠开始惊慌起来。他不再往家里运粮了。在好一番犹豫不决、左右奔忙,以及几次长时间消失不见之后,他开始往外运货,看来已经下定决心搬家了。他感觉,如果这里山崩地裂了,那么至少他自己能及时撤离。于是,他一口一口地,或者说一颊囊一颊囊地把谷物转移到了新的地方。他没有找帮手,而是全靠自己埋头苦干,大约每十分钟往返一趟,总共花了好几天。

III.

THE WOODCHUCK

土拨鼠

在美国中部和东部各州，土拨鼠在某些方面取代了兔子在英国的地位，在每座山坡上，以及每堵石墙、每条突出的岩架、每块大石头下面钻洞，从那里偷袭青草和苜蓿，有时甚至还偷花园里的蔬菜。土拨鼠的习性极为孤僻，除非是母亲带着孩子，否则几乎不会合居。现在他们其实不大会在树林里活动了，而是更喜欢田野。不过，偶尔也会有一只对阳光灿烂的山坡和鲜美多汁的青草不感兴趣，而是像他的父辈一样，对树林情有独钟，以树根、树枝、幼树的树皮，以及各种木本植物为食。

夏日的一天，在树林的幽静处，我游过溪流中一个宽而深的水潭时，正好看到这样一只林中的小精灵，就在离我上岸的水边仅几英尺远的岩石间。他看到我靠近，但无疑将我误认作某种水鸟，或者是他的某个麝鼠族的表亲，因此旁若无人地继续觅食，直到我在离他不到 10 英尺的地方停了下来，直起身子，他才真正注意到了我。这下他发现自己并不认识我，可能是从未见过赤身露体的亚当。他扭动着鼻子嗅我的气味，在嗅到的那一刻，就像踩了弹簧一样猛跳起来，以最快速度冲进了他的洞里。

在动物中，土拨鼠可以说是真正依赖土地的农奴。他属于泥土，浑身上下散发着泥土的气息；他土生土长，也土里土气。他的洞穴和潜伏地通常都带有一股浓烈的气味，但在弥漫着苜蓿芬芳的空气中，这股味道一点也不令人反感。当他逃往洞中或从石墙内挑衅农场的狗时，他如同清脆哨声的尖叫是夏天的悦耳之音。土拨鼠的外形和动作并不迷人，他身体沉重、肥胖而松弛。说真的，我以前从未见过这样软塌塌、不成形、松垮垮的体态，完全没有肌肉的紧实和力度，而是像装满水的皮袋一样鼓鼓囊囊、晃晃荡荡。土拨鼠的腿短而粗壮，更适合挖掘而不是飞奔。他的奔跑方式就是短距离跳跃，肚皮几乎贴着地面。他短跑的速度可以非常快，但他常常不愿离洞口太远，而且一旦在远处遭遇意外，他并不会试图逃跑，而是咬紧牙关，凛然直面危险。

我在纽约州认识一个农场主，他养着一只很大的短尾"搅乳"犬，名叫卡夫。农场主有一个大型乳品厂，负责生产大量黄油。每个夏日，卡夫几乎都要花将近半天时间踩搅乳机，驱动转轮不停地转动。在余下的时间里，他有足够的时间睡觉和休息，或是端坐着欣赏风景。有一天，卡夫正这样坐着张望，忽然发现一只土拨鼠在离房子大约40杆的一个陡坡上觅食，就在他位于一块大石头下面的洞口附近。老狗忘记了自己腿脚的不便，回想起早年追捕土拨鼠的乐趣，立刻以最快的速度冲了出去，妄想在这只

《土拨鼠》

1845—1848，约翰·詹姆斯·奥杜邦 绘

选自约翰·詹姆斯·奥杜邦《北美四足动物志》

纽约：约翰·詹姆斯·奥杜邦，1845—1848

土拨鼠跑回洞口之前抓住他。但是,土拨鼠看见狗在拼命地爬坡,轻轻一蹿就到了他的洞口,当追来的敌人只有几杆远时,他嘲弄地打了一个呼哨,就这样钻进洞里去了。这样的一幕上演了好几次,老狗向山上挺进,然后又撤退下来,煞费苦心。

我猜想,卡夫在转动搅乳机的大轮时,这件事也一直在他的脑子里打转,而某个拐点给他带来了快乐的灵感,因为下一次他就显示自己像个战略家。他不像初次发现土拨鼠时那样去追赶了,而是蜷伏在地上,把头枕在爪子上,这样好观察对方。土拨鼠难以抗拒鲜嫩苜蓿的诱惑,一直在洞外大快朵颐,但他也并非全然不顾自己的安危,而是每隔一会儿就抬起身子,察看附近的情况。不久,当土拨鼠不再警觉,而是俯身继续大嚼时,卡夫动身上山了,这一次迅速而隐蔽,完全就像猫在伏击一只鸟时的姿态。当土拨鼠再次站起来时,卡夫一动不动地半藏在草丛中。土拨鼠又低头吃起了苜蓿,此时卡夫开始像以前一样飞奔上山。这次他越过了一道围栏,但由于是在低处,而且他相当敏捷,没有被发现。土拨鼠又在观望了,卡夫再次纹丝不动地趴在地上。当卡夫再次接近他的猎物时,地上一个隆起的土包部分挡住了他,土拨鼠观望之后还是告诉自己:"没问题。"可此时,卡夫看到自己距离土拨鼠已经很近,瞬间顾不上什么隐蔽了,而是直接冲向洞口。就在这一刻,土拨鼠才发现自己大难临头,眼看要面临一场生死攸关的逃亡,他以前所未有的速度一跃而起,但还是晚了两秒,退路被切断了,老狗强有力的大嘴紧紧咬住了他。

III. 土拨鼠

下一个季节,卡夫又尝试了同样的策略,并再获成功。但当第三只土拨鼠入住这个致命的洞穴时,老狗的智慧和体力都开始透支了,他每次尝试抓捕都无功而返。

土拨鼠通常会在山坡上打洞,这样他就可以把洞的出口钻得比入口高,以防被淹。他斜着掘进两三英尺,然后急转向上,接着根据地势,与坡面几乎平行,再向前挖掘八到十英尺。他在这里安家过冬,十月或十一月躲起来,到三月或四月再出来。这是一场漫长的冬眠,只有在夏季体内储存了大量脂肪时才有可能实现。在冬眠期间,生命之火仍在微弱且缓慢地燃烧,就像通风口全部关闭,灰烬堆积起来一样。呼吸仍在继续,间隔的时间却更长,所有的生命过程几乎都处于停滞状态。在冬眠期间挖出一只土拨鼠——奥杜邦[1]就这样干过——你会发现他只是一个无生命的圆球,任人随意摆弄,毫无苏醒的迹象。但若是把他放在火边,他马上就会舒展开来,睁开眼睛,虚弱地四处爬动;而如果不去管他,他就会寻找一个黑暗的洞穴或角落,重新把自己蜷成一个球,恢复之前的休眠状态。

---

[1] 这里指的是约翰·詹姆斯·奥杜邦(John James Audubon, 1785—1851),美国画家、博物学家。

IV.
THE RABBIT AND THE HARE
兔子和野兔

在我们这边，野兔生活在偏远的北方森林里，而兔子则生活在田野和树林边缘的灌木丛中。一种在人类和文明面前退避三舍，另一种则紧随其后。现在，兔子在我们州（纽约州）的一些地方很常见，而我在小时候只见过野兔。兔子显然喜欢与人类为邻，并从中获得许多好处。几乎每年冬天都有一只兔子在我书房的地板下做窝，而当天气寒冷、积雪很深的时候，她每天晚上都会在门口发现几个甜苹果。我猜她会以为苹果是从那里长出来的，或者是像雪一样被风吹到那里的。在这种天气里，她不会离开她的暖巢，有这些苹果已经足够幸运了。如果我没把苹果放在那里，早上我就会看到她出门在草坪上寻找它们或其他食物。

我在想，有天晚上，当那只狐狸偷偷翻过附近的栅栏，在书房和房子之间潜行时，是否偶然瞥见了兔子呢？很明显经过那里的并不是一只小狗！那道足迹有些鬼鬼祟祟，避开房子并且绕过它，好像来客是在怀疑地打量这栋建筑，同时足迹中又透着狐狸的小心和慎重——大胆，但又不会太过冒险，每一个脚印都充满了戒备。如果是一只小狗碰巧溜达到那里，那么当他发现我走过的路线时，一定会追踪到谷仓，然后在周边闻着找骨头。但是这道透露着敏锐、谨慎的足迹却径直穿过其他脚印，保持着离房子五六杆的距离，上了山坡，穿过公路，通向邻近的农舍，同时它的主人一定是在嗅闻着周围的空气，同时保持高度的警觉，眼睛和耳朵都不停地留意着周围的动静。

有一年夏天，一只兔子跑到离我邻居家几英尺远的地方，在草皮上刨出一个小坑，作为生儿育女的窝。她或许觉得在那里比在花园或葡萄园里更安全，更能避开神出鬼没的猫和狗。邻居把我叫去，告知了她的秘密。他指着我们前面几英尺远的地面说："就在那儿。"我看了看，可除了新割过的草皮，什么也没发现，只不过有个像我双手那么大的地方，那里的草显然已经死去。我对他说："我没有看到兔子，也没有发现任何兔子的踪迹。"他就在草枯的地方弯下腰，掀开了一块干草铺成的小地毯或小垫子，露出了我此生最难以忘怀的景象！四五只仅有花栗鼠一半大小的小兔子，蜷缩在一个暖和、铺满绒毛的窝里。他们一动不动，也不眨眼，耳朵低垂，紧贴着头。邻居把草垫放下，他们又像变魔术一样不见了。

他们是几天前修剪草坪时被发现的，其中一只从窝里跳了出来，被割草工人误认为是小老鼠而打死了。其余的小兔得以逃生，消失在草丛中，但第二天早上他们又回到了窝里，并在那里又待

《灰兔》

1845—1848，约翰·詹姆斯·奥杜邦 绘

布鲁克林博物馆

了几天。据观察，只有在晚上，母兔才会来哺育他们。

兔子窝没有其他入口，干草垫将其完全覆盖住了，所以母兔去看孩子时，一定是把草垫掀起来，然后爬到下面去的。真是个相当巧妙和狡黠的设计。人们在散步时可能会踩到它，但仅凭眼睛肯定无法看穿其中的秘密。有丰富田野和森林知识的人告诉我，兔子总是用一块小毛毯盖住自己的窝和幼崽，而毯子通常是她拔下自己胸前的绒毛做成的。

冬天的大雪和严寒对兔子似乎没什么影响。雪积得越深，她的觅食区域就越接近嫩枝和嫩芽的顶端。我在一次散步时看到，她吃掉了茂密软嫩的小枫树顶部，就像用刀一样，兔子是用牙斜着切的，切口平整而均匀。那痕迹真的太像刀子留下的了，所以尽管有脚印，但只有经过最仔细检查之后，我才确信那是兔子锋利的槽齿留下的杰作。没有任何碎屑和参差不齐，显然她把每一根嫩枝都切割得干净利落。

野兔是夜行性动物，在夜间异常活跃，经常循着常规的路线穿过树林，但一到白天就会完全安静下来。他胆小，但从不费力去隐藏自己，通常蹲在一段木头、一个树桩或一棵树旁边。他似乎有意避开岩石和岩架，虽然这些地方能在一定程度上为他提供庇护，以避开严寒和大雪的侵袭，但也使他更容易落入敌手——这一考虑无疑影响了他的选择。在这一点上，以及在其他许多方面，他都与一般的兔子不同。被追捕时，他从不往地下钻，也不会找个洞穴躲避。如果在空旷的田野里被撞见，他会非常慌乱，

IV. 兔子和野兔

很容易被狗追上，然而在树林里，他就会如鱼得水，轻松一跃就能摆脱敌人。夏天，当初次受到打扰时，他会用脚猛烈地拍打地面，以此表达他的惊愕或不满。这是他无声的责备方式。在跃出几码远后，他会停顿一下，似乎在判断危险程度，再以更轻快的脚步匆匆离去。

野兔的脚像巨大的软垫，他在雪地上留下的足迹完全不像狐狸的那般敏锐、清晰，也不比那些善于攀爬或挖掘的动物，但它也很好看，和所有其他动物的一样，讲述着自己的故事。他与果敢、邪恶或狡猾无关，在每一次跳跃之中，都能看出他胆怯、无害的性格。野兔喜欢生活在茂密的树林里，喜欢长满山毛榉和桦树的低矮树丛处，以它们的树皮为食。大自然对他相当偏爱，配合他的习性和性格，为其提供了与周围环境颜色相对应的套装——夏天是红灰，冬天是雪白。

V.
THE MUSKRAT
麝鼠

麝鼠有时似乎对天气有异常灵敏的感知,能预测即将到来的季节变化。我不知道一系列长期观察能否证实这点,但我注意到,在筑巢这件事上,麝鼠有时对未来天气的预判准确得惊人。

1878年秋天,我观察到他筑的巢异常高大,在几个不同的地方都是如此。那时我每天散步都要经过路边一个水浅流缓的池塘,整个十一月份,其间有两个麝鼠的巢穴在建造。小建筑工人们只在夜间工作,而我每天都能看到工程取得了明显的进展。当池塘上结起一层薄冰时,巢穴周围的冰全被打破了,沿不同方向留下一条条运输建筑材料的轨迹。麝鼠的房子位于主河道略微偏向一侧的地方,完全是由周边繁茂生长的一种粗壮野草搭建而成的。在我看来,房子完全由坚实的草垛构成,好像其内部的空洞或者说巢穴是事后掏挖出来的,毫无疑问,的确是这样。它们从池塘里慢慢浮现,逐渐形成一座小山,南侧非常陡峭突出,北侧则是一条长长的平缓坡道,一直延伸到水面上。可以看出,小建筑师是沿这段好走的斜坡把所有建材运上去的，再大着胆子将其推向另一侧。叼来的每一口材料，安置都毫不含糊。当巢高出水面超过两英尺时，我每天都希望能看到筑巢项目大功告成。但它们的建造者却说，还得更高点。

十二月临近，严寒紧逼，我担心凛冬会突袭这些未完工的巢穴，但聪明的麝鼠似乎比我更了解情况。大约在十二月六日，巢终于完工了：北面的斜坡被抬升后融入了整个结构，一个坚固的庞大圆锥体，有三四英尺高，这是我见过的这类巢穴中最大的。"这意味着今年冬天会格外冷吗？"我问一位老农，但他告诉我，这是"涨水"的意思。他至少说对了一次，因为几天后，我们这里下了半个世纪以来最大的雨。小溪涨到了几乎空前的高度，平缓的池塘变成了汹涌湍急的河道，狂暴的水流逐渐漫过麝鼠的河上住宅，直到下午大约四点钟雨停的时候，它们露出水面的部分只剩人的一顶帽子大小了。夜里，河道发生了位移，河水的主流漫过了它们，到第二天，这些巢穴已经踪迹全无。它们被冲到了下游，而遭受同样命运的还有其他许多不算临时搭建的居所。麝鼠原本的建造很明智，抵御一般的涨水情况万无一失，但谁又能预料到洪水呢？他们的先祖也没有遇到过这样大的洪水。

过了快一个星期，另一栋住宅动工了，这次选址远离险恶的河道，但建筑师们干得心不在焉，材料零星稀松，冰雪也从中作梗，结果地下室那层还没完工，严冬就牢牢封锁了池塘。

我注意到，在其他地方，只要巢穴位于溪岸上，建在一小丛

V. 麝鼠

灌木中，就能平安抵御洪水。1879 年秋天来临时，麝鼠们迟迟不肯开始筑巢，直到大约十二月一日才开始铺草皮，然后继续慢吞吞、不慌不忙地干着，到了当月十五日还未完工。我想："也许，这预示着冬天不会太冷。"果然，那一季是多年来最温和的冬季之一，麝鼠根本不需要房子御寒。

1880 年的秋天，当天气预报员们摇头晃脑，有的预报冬天温和，有的预报冬天严寒时，我却饶有兴趣地想从麝鼠身上观察到某种迹象。大约在十一月一日，比去年早了一个月，他们就开始筑巢了，而且干劲十足。他们似乎刚刚得知了未来天气的信息。如果我当时能察觉如此明显的暗示，我的芹菜就不会被冻在地里，我的苹果也不会受到严寒的侵害。寒潮来袭时，大约是十一月二十日，那些四条腿的小先知已基本建好了住宅，可以说，只差屋脊板来做一下"封顶"，让它看起来像个成品。可惜这一点始终没能实现。冬天真的来了，而且日益严酷，到了十二月的最后几天，空前的寒冷一定使聪明的麝鼠在他们舒适的暖巢里也感到震惊。此时，我走近麝鼠的巢穴，一个位于纯净、深冻的池塘表面的白色小丘，猜想在这座"坟墓"里是否存在生命。我把手杖猛地插了进去，只听一阵窸窣，还有扑通入水的声音，这是里面的居民逃走了。我不禁想到，这房子的地下室可真潮湿啊！在这样的天气里，把一个睡梦中的邻居从床上搅扰起来，弄得他如此狼狈，真是太抱歉了！不过，水不会打湿麝鼠的；他的皮毛如同被施了魔咒，一滴水也渗不进去。

在地面环境和土质皆宜的地方，麝鼠就不会筑这种小山状的巢了，而是从岸边向土里打洞，一直钻到离河岸很远的地方，挖掘出用途各异的一组洞来过冬。

麝鼠不像某些啮齿类动物那样冬眠，而是在整个冬天都非常活跃。十二月，我在散步时注意到，他们曾跑到几码远外的果园里采摘冻苹果。有一天，沿着一条小溪，我在麝鼠的足迹中看到了一只水貂的足迹，跟着它，我很快就在一堵石墙旁的雪地上发现了血迹和其他打斗的痕迹。在石缝中察看，我发现了倒霉蛋麝鼠的尸体，头和脖子都被吃掉了。水貂把他当成了美餐。

VI.

THE SKUNK

臭鼬

二月，雪地上留下了一道新的足迹，纤细而精致，比灰松鼠的大三分之一左右，显得既不匆忙，也不迅疾，相反，看起来泰然自若、从容和悠闲。这些脚印紧紧挨在一起，就像一串雕刻奇特的链环。北美中东部臭鼬（*Mephitis mephitica*）爵士，或者通俗地说，臭鼬，已经从他六周的小憩中醒来，再次出门社交了。他是个夜行者，非常大胆放肆，敢一直走到谷仓和外屋，有时整个春天都会住在干草垛下。他的词典里可没有"赶快"这个词，从他在雪地上走过的路径就能看出来。他向来鬼鬼祟祟、巧妙迂回，在田野和树林里悄悄地潜行，从未有过一次哪怕轻微地改变步态。如果沿途遇到栅栏，他就会转而寻找可以通过的缺口或空当，以避免攀爬。他实在懒得自己挖洞，就挪用土拨鼠的洞，或者在岩石中搜寻出一条缝隙，从那里向四面八方漫游。他偏爱潮湿、解冻的天气。他既不谨慎也不狡猾，对陷阱嗤之以鼻，见之必入，完全依赖自己的撒手锏，就是他所能施加的令人作呕的惩罚来抵御一切形式的危险。他对人与兽全都相当不以为意，也不会着急避让任何一方。黄昏时分，我漫步在夏日的田野上，差点就踩到他了，但我们之间反而是我要惊慌得多。

他深知自己要保守一个秘密，因此小心翼翼地避免暴露自我，直到达成最显著的效果。据我所知，他即使被捕兽夹夹住了，也能保持镇定自若，活像个受伤的小无辜，正小心翼翼、不紧不慢地尝试把脚从顽皮的钳子里挣脱出来。千万不要因为可怜他而伸手帮忙！

他有着多么漂亮的脸颊和脑袋啊！他的牙齿那么细密精致，像黄鼬或是猫的牙齿一样。当他长到三分之一成年体型大时，可爱的模样让人不禁想把他当作宠物来养。我的邻居曾经捕获过一只幼小的臭鼬，给他取名穆罕默德，养了一年多，从中收获了极大的乐趣。

没有任何动物在习性上比他更干净利落。他不会笨拙到在打击敌人的时候伤到自己，并且他的肉体和皮毛都让人看不出他暗藏的武器是什么。作为我所知的最沉默的动物，据我观察，他从不作声，除了当农场的狗发现了他在石栅栏中的藏身之处时，他会发出一种散漫、不耐烦的响动，就像用小笤帚打你的手时发出的声音一样。他偏爱鸡蛋和幼嫩的家禽，这使农民对他深恶痛绝。他是个不折不扣的老饕，也是掠夺鸡舍的行家。他的受害者不是成年家禽，而是那些最鲜嫩的幼崽。晚上，鸡妈妈把十几只刚孵出的小鸡雏收拢在翅膀下，带着极大的骄傲和满足，感觉到他们

《大型条纹臭鼬：雌性和幼崽》

1845—1848，约翰·詹姆斯·奥杜邦 绘

选自约翰·詹姆斯·奥杜邦《北美四足动物志》

纽约：约翰·詹姆斯·奥杜邦，1845—1848

全都安然无恙地藏在自己的羽毛下。次日清晨，她却在失魂落魄地四处走动，身边只剩下那一窝漂亮小鸡中的两三只。出了什么事？小鸡们哪儿去了？那个扒手臭鼬爵士可以告诉你答案。悄无声息地，他在黑暗的掩护下靠近，一只接一只地"接管"了鸡妈妈悉心呵护的宝贝。仔细观察，你会发现地上四散着他们黄色的小腿和小嘴，或是血肉模糊的断肢残骸。或者，在蛋孵化出来之前，他可能会找到母鸡，然后用同样的伎俩，弄走每一个蛋并把它吃掉，只留下血迹斑斑的空蛋壳作为无声的见证。鸟类，尤其是在地面筑巢的鸟，也因他的掠夺癖而深受其害。

他赖以自卫的分泌物也是他不受欢迎的主要原因。这虽然是反对把他当作宠物饲养的充分理由，并削弱了他作为野味的吸引力，但绝不是对鼻子的最大侮辱。那是一种浓烈而鲜活的气味，并不像疾病散发出来的气味或腐臭味。事实上，我认为一个嗅觉灵敏的人不会讨厌它高浓度的提取物的味道。它近乎绝妙，刺激得人鼻子发麻。除了令人振奋、提神醒脑外，我还相信它具有罕见的药用价值。我倒不建议将它用作眼药水，尽管一位老农场主向我保证，这样做的好处毋庸置疑。一天晚上，他听到母鸡群中的骚动，就突然冲出去抓小偷，这时受惊的臭鼬爵士，无疑对被打扰感到相当气愤，于是把满腔怒火全都注入腺体，朝着老农场主的脸上猛喷出来，效果着实令人叹服，因为有好一会儿，他完全失明了，对那个恶棍毫无还手之力，对方则趁机溜之大吉。但老农场主宣称，事后他感觉眼睛就像被火淬炼了一样，视力也清晰了许多。

臭鼬对自己武器的功效信心十足。三月的一个傍晚，我在散步时看到一只臭鼬正穿过田野向公路走来。我想截住他，赶他回去。当走到离他不到 15 码或 20 码远的地方时，由于他没有停下，为了谨慎起见，我觉得自己最好停下。他径直向我走来，带着一副最为活泼、嬉皮的神气，尾巴高高地翘过头顶摇摆着，想与我一决高低。我后退了，他就追上来，直至最后他成了场上的王者。

VII.
THE FOX

狐狸

我已经很久没有听到狐狸的嗥叫声了，但在年轻时，我常在卡茨基尔山区听到，尤其是在隆冬静谧的月夜里。也许那更像一种啼叫而非嗥叫，也不像狗的低吠那样连续不断，而是时断时续的。听上去这只动物似乎是在尝试嗥叫，但还没有掌握技巧。这声音野性而奇异，若能在此饱饱耳福，我愿在夜晚随时起身。小时候，我常站在父亲家门口凝神倾听。不久，远处的山肩上就会传来一声期待中的狐狸叫，而我感觉自己几乎都能看到浑身毛茸茸的他蹲坐在那边洒满月光的山坡上，向我这里俯瞰。在倾听时，也许山谷中的树林后会有一只狐狸回应他，那声音颇契合幽深诡异的冬日群山。

红狐是这一地区唯一数量繁多的物种。一场新雪过后，在清晨上学的路上，我在许多地方看到他穿过马路的痕迹。在这里，他曾悠闲地在步枪射程内从房前经过，显然是在侦察鸡窝的情况，那清晰锐利的足迹绝不会让人误以为是小狗笨拙的脚印，因为他所有的野性和敏捷都映射其中。而在另一处，他像是受到了惊吓，或者突然想起还有什么事要做，便优雅地一路跳跃，几乎没碰到篱笆，就如一阵疾风般飞奔上山了。

不同于狗，狐狸通常的步态，至少在夜间，是步行的。这时，他是在寻找猎物，会警觉并且蹑手蹑脚地穿梭在树林和田野间，一步只迈出大约一英尺的距离，同时睁大眼睛，竖起耳朵。

野性十足、轻盈灵动的狐狸，他多美啊！我经常看到他的尸体，也曾远远目睹猎狗驱赶他穿过高地，但我从未体验过在森林里，在他自由的野外生活中与他邂逅的激动和兴奋。直到一个寒冷的冬日，我被猎狗的叫声吸引到山顶附近，站在那里等待叫声再次响起，以便确定猎狗的去向，再选好我的位置——像所有年轻的打猎迷一样，我渴望能捕获一样引人注目的猎物。我等了不知多久，充满耐心，直到身体几乎被冻僵，正准备转身离开时，忽然听到些许轻微的响动。我向上看去，蓦然发现一只美得不可方物的狐狸，以其独有的优雅和从容姿态轻快地跳跃着，显然是受到了猎狗的惊扰，但不是追赶，因此他完全沉浸在自我的遐思中，根本没有注意到我，尽管我离他不到 10 码远，正因惊叹和赞赏而呆若木鸡。我一眼就看清了他的样貌：一只大个头的雄狐，腿的毛色很深，尾巴蓬松硕大，尾尖洁白。真是一只瑰奇的动物，我被他的突然出现和无与伦比的美完全震慑、迷住了，直到看着他掠过一座小山丘消失得无影无踪，这才猛然清醒过来，想起自己作为一个猎人的要务，意识到不知不觉中我错失了一个多么好

VII. 狐狸

的扬名机会。我有点生气地抓紧了猎枪，好像这都怨它似的，在回家的路上，我对自己和所有狐狸都大为恼火。但后来我对那次经历有了新的看法，感觉当时我其实真的捕到了猎物，而且是最好的那部分，在狐狸不知情的情况下，从他身上攫取了比皮毛还要珍贵的东西。

山上的犬吠完全是冬天特有的声音，并且对许多人来说尤其悦耳动听。那号角声般的长嗥在一英里外或更远处都能听到：时而微弱地落回大山深处，时而清晰可辨，但仍然微弱，那是当猎犬来到某个制高点而且处于顺风位时传来的声音；不久叫声又完全消失在深壑中，而后随着猎犬的逼近，再次从不远处迸发，越来越真切，直到狐狸绕过山顶，出现在你的正上方，犬吠声变得响亮而尖锐。狐狸沿着北面的山嘴继续奔跑，他的叫声随风向和地形的变化时高时低，最后消失在远方。

被猎犬追逐时，狐狸通常会领先半英里的距离，根据猎犬的速度来调节自己的速度，偶尔会停顿片刻，分神看看途中的一只小老鼠，或是欣赏风景，抑或倾听猎犬的动静。如果对方追得太紧，他就会飞奔过一座又一座的山丘，这样一般就能甩掉猎人。但如果猎犬追捕速度较慢，他就会在山脊或山顶上玩耍，最终落入有经验的猎人之手，尽管并没那么容易。

有时，天刚蒙蒙亮，农场的狗在开阔的地面上与狐狸邂逅时，会发生最为紧张激烈的追逐。狐狸对自己无敌的速度相当自信，我甚至猜想他半是在引诱狗来同他赛跑。但狗如果足够聪明，且赛跑路线是下坡，路面平坦，那么狐狸就必须使出浑身解数。即使如此，他有时仍难免会狼狈地被猛追上来的狗扑倒。不过，由于下冲速度太快，狗根本无法停下来叼起他。但当他们跑上山或钻进树林时，狐狸超凡的灵活和敏捷就会在当下立现，轻而易举就能把狗远远甩在后面。对于体型比自己小的狗，他毫不畏惧，尤其是当他们在远离住家的地方狭路相逢时。这种时候，我曾见过其中一只先掉头逃跑，然后另一只也随即离开。

狐狸最显著的特征之一就是他那硕大蓬松的尾巴。远看狐狸在雪地上奔跑，他的尾巴和他的身体一样惹眼，非但不显得累赘，似乎还有助于提升他的轻盈和弹跳力。尾巴使其动作变得柔和，并且在人们的眼中加重或延续了他姿态上的从容和优雅。但若是在融雪时的潮湿天气里被猎犬追赶，他的尾巴往往会变得沉重脏污，给他带来极大的不便，迫使他躲进自己的洞穴里。狐狸极不情愿这样做，自尊和种族传统都激励他去奋力奔跑，借助风力和速度优势取胜。只有在受伤或是尾巴拖泥带水变得沉甸甸时，他才被迫会以这种方式逃避。

要想领教狐狸出众的精明和狡黠，就试试给他下个捕兽夹吧。作为一个滑头，他总会怀疑别人耍诡计，因而要想骗过他，你得比他还要聪明一分。乍一看，诱捕他似乎很容易。他看似与你偶遇，或在田野里跟随你的脚步，或走在人来人往的公路上，或在干草堆和偏僻的谷仓附近徘徊。隆冬时节，往远处的田野里扔一具猪、鸡或狗的尸体，不出几个晚上，周围的积雪上就会遍布他

《长尾红狐》

1848年或1854年，约翰·伍德豪斯·奥杜邦 绘

美国国家美术馆

的足迹。

有毫无经验的乡下小伙,被狐狸这种看似疏忽大意的态度所误导,会突然萌生出用毛皮致富的计划,并纳闷自己怎么早没想到这主意,而别人居然也不曾开窍。我就认识一个这样的年轻农民,他在两片树林之间一个偏僻的小山坡上发现了一头死猪,而这似乎是附近所有狐狸每晚前来享用的夜宴佳肴,于是他以为自己找到了一座富矿。转天乌云密布,沉沉欲雪,雪花一开始团团飞舞,他就立即出发,手拿捕兽夹和扫帚,脑子里已经在盘算第一张狐狸皮能换来多少银币了。带着十二万分的谨慎,心中有小鹿怦怦乱撞,他清除了被践踏过的皑皑积雪,设好捕兽夹,然后把轻盈的新雪撒在表面上盖好,一边迅速撤离,一边将他的踪迹扫得干干净净,同时不禁为自己给那个狡猾恶棍准备的小小惊喜而得意地大笑。天公作美,纷纷扬扬的大雪很快就把他工作的痕迹掩盖得无影无踪。

第二天一早,天刚蒙蒙亮,他就出发收获毛皮了。他相信,大雪帮了他大忙,并很好地守住了他的秘密。快到目的地时,他定睛细看,想辨认出被夹在山脚下篱笆边的战利品。等再走近一些,他发现白雪覆盖的表面没有任何被破坏的痕迹,心中不禁疑窦丛生。一个小圆丘标记着猪肉的位置,但附近没有脚印。循着山坡向上望去,他看到狐狸的确曾悠闲地下山向惯常的美餐走去,直到离猪肉只有几码远时,却突然调转身子,大步流星地消失在树林里了。年轻的猎人一眼就看出这是对他设陷阱技艺的极大讽刺，愤愤不平地挖出那个铁家伙，带着它走回了家，而梦想中那股源源不断涌向他的银币流也在突然间改变了方向。

成功的捕猎者会在秋天或第一场大雪之前开始行动。在一块不太偏僻的田地里，他只用一把旧斧头，就在冰冻的地面上开辟出一小块地方，比如 14 英寸长 10 英寸宽，然后挖出 3 英寸或 4 英寸深的土，再在坑里填满干燥的灰烬，放进烤奶酪碎块儿。狐狸一开始会非常怀疑，对这个地方敬而远之。这似乎是设计好的，所以在离太近之前，他要先看看这东西在搞什么鬼。但奶酪味道鲜美，天气又寒冷刺骨。每天晚上，他都会冒险靠得更近一点儿，直到能从表面够到一块。像其他凡夫俗子一样，成功给他壮了胆，现在他肆意地在灰烬中挖掘起来，每晚都能发现新鲜的美味。很快他就失去了警惕，疑虑也完全打消了。用这种方法引诱一周后，在一场小雪的前夕，捕猎者会小心地把捕兽夹藏在坑里，先要用铁杉枝条将其彻底熏透，以消除所有铁的气味。如果天气给力，而且足够谨慎，他就有可能成功，尽管这种概率仍然极低。

狐狸通常只会受到轻微夹压，极少有超过脚趾尖的情况。他有时会格外小心，即使触动了捕兽夹，也丝毫不会伤及自己的脚趾，或者可以一晚接一晚地把奶酪取走，而根本不去触动捕兽夹。我认识一个老猎人，当他发现自己这样被狐狸智胜之后，就在捕兽夹的底盘上绑了一点儿奶酪，第二天一早，收获了被夹住的可怜狐狸。捕兽夹没有固定，只是坠了一个木块，这样随着动物想挣脱的每次努力，夹子也顺势而动，反而夹得更紧了。

当狐狸看到捕猎者走近时,他恨不得跳进老鼠洞里让自己消失。他会蹲在地上一动不动,直到眼见自己被发现了,才最后一次拼尽全力想要逃跑。但当你走过来时,他就会停止一切挣扎,表现得像个非常胆小的战士,畏缩在地上,露出羞愧、内疚和屈辱交织的表情。一位年轻的农场主告诉我,他曾追踪一只带着他的捕兽夹逃跑的狐狸到一片树林边上,发现这个狡猾的无赖正试图抱住一棵小树藏身。大多数动物在被捕获时会表现出搏斗的姿态,但狐狸更相信自己灵活的步伐,而非尖利的牙齿。

我曾经在纽约州一处山区过了一个月。夏天,在那里,自建立最早的定居点以来,红狐就是善用捕兽夹和猎枪的人们惯常的战利品。在我暂住的人家里有两只猎狐犬,半英里外的邻居也有一只。整个乡里还有许多其他猎狐犬,在猎狐季节,他们也很有用武之地,但上述三只却能带领主人在家附近的高山上大肆狂欢。一个又一个冬天,许多狐狸纷纷在他们跟前倒下。在我到访的前一个季节,仅在一个小范围内就有 25 只狐狸被射杀。然而,狐狸却从未像那年夏天那样多,那样大胆,他们竟敢在夜晚来到离房子和没有拴链子的警戒犬只有几杆远的地方,肆无忌惮地打劫家禽。

一天早上,人们发现一只大肥鹅的头颅不知所终,全身也被撕扯得稀烂。两只猎犬都不见了,直到将近晚上才回来,人们据此推断,他们一定是打断了狐狸享用大餐,此外还狠狠地追出他老远。但第二天晚上狐狸又回来了,而且这次成功劫走了鹅。又

VII. 狐狸

过了几个晚上，他一定是带来了新招募的同伙，因为次日清早，据说有三只大个的幼鹅失踪。这下呆鹅们脑袋瓜里有了危险意识，后来每天晚上都到房子附近来栖息了。

狐狸的下一个攻击目标是一窝火鸡，其中火鸡妈妈被拴在屋后几杆远的一棵树上。像往常一样，这个贪吃肉的坏蛋在后半夜来袭。我碰巧醒着，听到那只无助的火鸡扯着脖子大叫，好像在喊"住手，住手"。睡在我楼上的另一个人因为担心火鸡的安全，似乎已经连续几夜都在竖着耳朵睡觉，此时他也听到了鸡叫，并立刻猜出了事情的原委。我听到窗户打开，一个声音在召唤狗。随着一声响亮的怒吼（作为回应），狐狸急忙逃走了。如果再迟一会儿，火鸡妈妈就会遭遇与前几次的鹅一样的厄运。她现在筋疲力尽地躺在拴绳的尽头，翅膀展开着，被咬得伤痕累累、羽毛蓬乱。小火鸡们原本呈一排栖息在附近的栅栏上，听到第一声警报就飞走了。

火鸡保留了许多野性本能，比其他家禽更不易被狐狸捕获，只要稍有危险的迹象，他们就会展翅高飞。在我所说的地方，如果早上发现他们栖息在谷仓或干草棚顶，或是苹果树梢头等极不寻常的地方，尾羽张开，极为躁动不安，那一点儿都不稀奇。也许有只火鸡丢掉了尾巴，但狐狸只成功地叼到了一嘴翎毛。

随着雏鸡的成长和翅膀的发育，他们开始溜达到离家很远的地方去寻找蚱蜢。在这种时候，他们全都万分警惕，疑神疑鬼。有一天，我在一条很像狐狸的狗的陪伴下穿过田野，突然遇到一窝已经三分之一长成的雏鸡在树林边的草地上觅食。他们碰巧只看到了狗,却没有看到我,即刻便以野生动物的敏捷身手迅速腾空而起,鸡妈妈飞到树顶上,仿佛在监视假定的敌人,雏鸡们则趁机越过树林向家的方向飞去。

前面提到的两只猎犬经常和一只杂交犬结伴,虽然后者的职责是看管农场,但他像个小学生一样乐于逃避无聊的职责,于是这一伙经常偷跑出去痛痛快快地打猎,我猜纯粹是为了好玩。我高度怀疑,就是作为一种嘲弄或报复,狐狸才从他们眼皮底下把那些鹅抓走的。一天早上,这几只狗出门了,一直待到第二天下午。他们追了狐狸整整一天一夜,猎犬总是一边跳跃一边吠叫,杂交犬则沉默而顽强。回来时,他们都拖着疲惫的步子,四肢僵硬,脚爪疼痛,憔悴而饥饿。之后的一两天,他们一直躺在犬舍里,丝毫不能再动弹。这次偷猎是他们的"狂欢",当然得花点时间来恢复元气了。

一些老猎人认为,狐狸和猎犬一样享受追捕,特别是当后者跑得很慢的时候,而最好的猎犬恰是如此。狐狸会等待猎犬,会坐下来倾听,或者四处玩耍,沿着自己的踪迹来回穿梭,翻来覆去,似乎很享受这种恶作剧的感觉,因为他马上就会让追捕者感到困扰不已。不过,狐狸显然并不总能从中得到乐趣。当遇到迅猛的狗,或者雪很深,抑或在尾巴变得沉重的潮湿天气里,他就必须使出浑身解数。万不得已时,他只好躲藏起来。有时,他还会使出五花八门的招数来误导和逃避狗的追捕。他会走在小溪的

VII. 狐狸

河床里，或者栅栏上。我听说，有一只狐狸在被紧追了很久之后，跳上了一道栅栏，跑了一段距离后，纵身一跃，钻进了栅栏一侧的一个空心树桩里，巧妙地藏身在空洞之中。这一诡计得逞了，猎犬寻不到他的踪迹，但当随后跟上来的猎人偶然经过树桩附近时，狐狸就噌地跳了出来，他的狡猾并没有给他带来应得的好处。还有一次，狐狸跑到大路上，小心翼翼、准确无误地踏上了一条雪橇滑道。坚实光滑的雪上丝毫没有留下他轻盈的脚印，而且毫无疑问，狐狸的气味也比在更粗糙的路面上要小得多。也许，这个滑头还考虑到了另一辆雪橇可能会在猎犬赶到之前驶过，把他的踪迹彻底抹去。

奥杜邦讲过一只狐狸，当被猎犬追赶时，他总能在某个地点成功地甩掉他们。最后，猎人自己藏在了那个地方，以便在可能的情况下揭示其中的奥妙。很快，狐狸跑来了，他跃向一侧，那里有一棵倒下的树，悬在离地面几英尺高的地方，狐狸一下就蹿上了树干，藏在顶端的枝叶间。不一会儿，猎犬们赶了上来，但是他们太过急切，直接越过了这个地点，接着跑向了更远处，寻找消失的踪迹。这时，狐狸急忙溜下树，原路返回，完全骗过了猎犬。

有人告诉我，在纽约州北部有一种银灰色的狐狸，当被猎犬追赶时，他会一直跑，直到发现另一只狐狸，或是另一只狐狸的踪迹，到时他就会进行一番狡猾的操作，导致猎犬总会在第二条踪迹上转向，从而被彻底甩掉。

在寒冷干燥的天气里，狐狸有时会跑到一片光秃秃的犁过的田地上去躲避猎犬，或至少耽搁他很多时间。干硬的泥土似乎留不住一丝气味，猎犬就会发出一声响亮、悠长、奇特的叫声，表示他遇到了困难。这时候就轮到狐狸显露智慧了，他往往会完全绕过这片田地，在小路穿过栅栏或一片雪的地方重新上路。

任何干燥、坚硬的表面都对猎犬不利，这部分解释了为什么所有的狗在某种程度上都拥有仅凭脚的气味就能追踪动物的神奇本领。你想过为什么狗的鼻子总是湿漉漉的吗？例如，看看猎狐犬的鼻子，它是多么湿润和敏感啊！这种湿气一旦消失，狗在追踪动物时就会变得像你一样无能！你可以观察一下猫的鼻子，它只有一点点湿润，而且你也知道，她的嗅觉远不如狗的灵敏。润湿你自己的鼻孔和嘴唇，这种感觉就会明显增强。因此，狗鼻子上出的汗无疑是他嗅觉能力的一个关键因素，而且，我们可以很容易推断出，潮湿粗糙的表面是如何帮助他追踪猎物的。

静止的狩猎很少能让你见到狐狸，因为他的耳朵比你的灵敏得多，脚步也轻盈得多。但是，如果狐狸在田野里觅食，而你率先发现了他，正好又是顺风，你就可以把他叫到离你几步远的地方。你只需藏身在栅栏或其他物体后面，尽可能像老鼠一样吱吱叫。狐狸隔老远就能听到这个声音。他竖起耳朵细听，辨出方向，然后就会放心大胆地小跑过来。我从未有机会尝试这样做，但知道一些相当可靠的人做过。一个在牧场上赶牛的人曾这样叫来了一只狐狸，而狐狸因为太忙于搜寻，没能第一眼看到他，直到跳

VII. 狐狸

上了他坐在后面藏身的墙头。此人当即猛跳起来，同时大喝一声，而我猜想，那只狐狸大概差点被吓得魂飞魄散了吧。

我一直搞不明白，为什么狐狸妈妈一般会选择在空旷田野上的洞里生孩子，除非像有些猎人说的那样，是出于安全考虑。在温暖的日子里，小狐狸总会跑出来，像小狗一样在洞穴前玩耍。倘若四面有树木或灌木丛遮挡，危险可能会在这些障碍物的掩护下悄悄逼近，但开阔的视野使幼崽不容易遭受偷袭和抓捕。只要稍有动静，他们就会消失在洞里。看过小狐狸嬉戏的人都说他们的互动非常有趣，甚至比小猫的戏耍还要淘气和活泼，而从他们幼小的眸子里似乎已经闪现出一种深邃的智慧和狡猾。母亲永远不会和小狐狸一起躲在洞里，而是在树林附近徘徊，树林总在不远处，她会发出警告性的嗥叫，告诉小狐狸什么时候应该提高警惕。母狐狸通常至少有三个洞穴，都相隔不远，她会在夜里带着孩子们悄悄从一个洞穴转移到另一个，以便误导敌人。有一帮男孩外加大人在发现了一窝小狐狸的踪迹后，就带上铁锹和镐头去挖，可埋头奋力挖了几个小时，却只挖到一个空洞。那是因为母狐狸发现自己的秘密暴露了，就一直在等待天黑，借着夜色的掩护搬到了新家。或者是某个老猎狐人对于守护自己的猎物极为上心，得知有人要毁掉这窝狐狸，就在前一天黄昏的时候前去，在洞穴周围搞了些动静，也许还在洞口撒了些火药——精明如狐狸当然知道如何解读这种暗示。

狐狸白天几乎总在旷野、山脊两侧或山下打盹，在那里他可以俯瞰下面繁忙的农场，听到各种喧嚣：狗吠汪汪、牛儿哞哞、母鸡咯咯、大人孩子话音嘈嘈，或是公路上的车声辚辚。他也是在观望的那一侧保持着最敏锐的警惕性，而猎人出现在他的头顶和身后时总会让他大吃一惊。

狐狸不像狼，从不成群结队，而是单独狩猎。被驯养后，狐狸的许多方式和举止都与狗的相似。有一次，我在华盛顿的市场上看到一只待售的小红狐，卖主说是在弗吉尼亚捕到的。他用一条小链子牵着狐狸，就像在牵小狗一样，而这只天真无邪的小淘气会侧卧着，在周围的一片嘈杂和喧闹中若无其事地晒太阳、睡大觉，完全跟狗一样。他和一只成年猫差不多大，身上有一种魅惑人的美，让我难以抗拒。还有一次，我看到一只大约长到了成年狐狸体型三分之二的灰狐狸和一只差不多大小的狗在玩耍，从他们的举止中，你根本无法分辨出哪只是狗，哪只是狐狸。

VIII.

THE WEASEL

鼬

我在 1893 年冬季最有趣的记录是关于一只鼬的。十一月初的一天，我和儿子坐在树林里落叶松沼泽边缘的一块石头上，希望能见到松鸡，我们知道他们有在这片沼泽里觅食的习惯。坐了没多久，就听到下面的树叶中窸窸窣窣，我们立刻猜想那是松鸡小心翼翼的脚步声。（我们没有带枪。）很快，透过茂密的灌木丛，我们看到一只小动物在奔跑，起初以为是红松鼠，又过了一会儿，他清晰地出现在离我们只有几码远的地方，我们才看清原来是一只鼬。再一看，发现他嘴里叼着什么东西，当他靠近时，我们才看清是一只老鼠或某种鼹鼠。鼬敏捷地向前跑着，一会儿蹿过一段腐朽的木头，一会儿又越过石头和树枝，每跑三四码就停一下，跑到离我们不到 20 英尺的地方时，消失在沼泽边缘岸上的几块石头后面。我说："他在往巢穴里搬食物呢，咱们看看吧。"

　　四五分钟后，他又出现了，沿着刚才的路线返回，跳过同样的石头，蹿过同一段朽木，很快就消失在沼泽地里。我们没有动，显然也没有引起他的注意。大约过了六分钟，我们听到了和刚开始一样的窸窣声，一会儿就看到鼬叼着另一只老鼠跑了回来。他就像被链子拴在了原来的路线上一样，一直沿着原路线走，停顿和姿势都没有变，完全重复着以前的动作，像以前一样消失在我们的左侧，又过了一会儿，再次出现并重新潜入了沼泽地。我们又等了同样长的时间，他又带着另一只老鼠回来了。显然，他在沼泽和灌木丛中获得了老鼠的大丰收，正非常辛勤地收集他的成果。我们好奇他的洞穴到底在哪里，于是在他每次消失的地方来回走动，等着他。他像往常一样准时，带着猎物分秒不差地回来了。

碰巧我们当时停在了离他的洞口不到两步的地方，所以当他走近时，显然发现了我们。他停了一下，目不转睛地看着我们，丝毫没有害怕的迹象，然后若无其事地钻进了洞里。洞口并不像我们预想的那样在岩石下，而是在离岩石几英尺远的河岸上。我们一动不动地待了一会儿，但他没有再露面。我们的出现让他起了疑心，他打算再等一等。

这时，我挪开一些干树叶，他的洞口露了出来。那是个圆圆的小洞，还不如花栗鼠打的洞大，直通地下。我们产生了抑制不住的好奇心，想一窥他的储藏室。如果长期以来他一直在以这样的速度运进老鼠，那他的地窖里一定塞得满满当当的。我用一根锋利的棍子开始在红黏土里挖，但很快就遇到了太多盘结的树根，所以只好暂时放弃，决定第二天带上鹤嘴锄再来。于是，我尽力

《长尾鼬》

约 1845 年,约翰·詹姆斯·奥杜邦 绘

美国国家美术馆

修复了刚才造成的破坏，把树叶重新盖好，带着儿子离开了。

第二天，天气温和无风，我自认为已经完全准备好了，一定要把鼬和他的宝藏给挖出来。我坐在前一天的地方，等待着事态的发展，很想知道鼬是否还在往家里搬运他的丰收果实。才坐了几分钟，我就又听到了枯叶中的沙沙声，看见鼬又叼着一只老鼠回家。据我观察，他来回搬运了三趟；我估计，每隔六七分钟，他就会带回来一只老鼠。随后我站到了他的洞口附近。这一次，他带回来一只肥硕的田鼠，将其放在洞口边，自己先钻进去，然后掉过头来，伸出爪子把田鼠给拽了进去。

我想，一定要见识一下他丰富的老鼠库存，于是拿起沉重的鹤嘴锄挖了起来。在顺着洞向下挖了大约两英尺后，地道转向了北面。我把细长的树枝插进他的通道里，用以保持线索不断，因为这些树枝很容易追踪。又挖了两三英尺后，地道分岔了，一条向西，另一条向东北。我沿着西边的那条挖了几英尺，直到它再度分岔。于是我又转向东北面的地道，也一直追到它的分岔处。我沿着其中一条一直挖，直到它又出现了分岔。我开始被堆积起来的松土弄得手忙脚乱，不知所措。

显然，这只鼬早已料到有人会对他的地下城堡发动攻击，并提前做好了准备。他可不想被弄得措手不及。我在不同的地道里发现了几处扩大的空间，这些是呼吸、掉头，或是和同伴碰头聊天的空间，但都完全不像是终点站或者说一个可以永久使用的客厅。我试着用锄头把土移到几步开外，但这样干实在是太慢了。

VIII. 鼬

我已经又热又累,而我的任务显然才刚开头。我挖得越远,通道就越多,越错综复杂。我决定停手,第二天再来,除了鹤嘴锄,再带上一把铁锹。

第二天一早,我按计划赶回,立即劲头十足地投入工作,很快就完成了一次规模相当大的挖掘工作。我发现河岸堪称一座通道交错的迷宫,到处散布着大型的洞室,其中一个只有六英寸深,我是通过在几英尺外新开一个缺口挖到的。

当我靠在铲柄上喘气休息时,听到一只步子轻盈的动物在我头顶上看不见的地方被树叶绊脚的声响,我猜可能是一只松鼠。很快,我就听到了猎犬的咆哮和杂交犬的尖叫,这才知道刚才是一只兔子从我附近经过。狗急速追了过来,狂吠不断,接着猎人也跟了上来。狗一直在我南面没有几杆远的沼泽边缘大叫,我知道兔子钻进洞里去了。

有半个多小时,我都听到猎人们在那里忙活着把猎物挖出来,接着他们走过来,发现我也在工作。他们是一个老捕兽人兼樵夫,以及他的儿子。得知我在找什么时,老人说:"你说的那是一只香鼬。七八年前,我经常在那边设陷阱捕兔子,但我的猎物总会被吃掉一部分。一定就是这只香鼬干的。"看来,我的猎物显然是这里的老住户了。

也许这片沼泽多年来一直是他的狩猎场,而他每年都会在自己的住宅里再扩建一个大厅。经过进一步挖掘,我至少发现了他的一个宴会厅,那是个约有帽子大小的洞,由细密树根织成的网是它的拱顶。主人显然也在此处住宿或休息。这里有一个温暖、干燥的窝,由树叶以及老鼠和鼹鼠的皮毛做成。我从中拿出了两三把鼠毛。在找到这个洞室的过程中,我一直循着其中一条地道,直到它把我带到离最初的入口不到一英尺的地方。在这个洞的一侧几英寸处,有一条我认为是香鼬扔垃圾的后巷,因为这里有大堆潮湿、腐烂的皮毛,还有鹰和猫头鹰等反刍吐出的毛球。窝里有一条飞鼠的尾巴,表明这只香鼬有时会把这种猎物当他的晚饭或正餐。

我重新鼓足干劲,继续挖掘,感觉自己应该能找到所有这些通道集结的总站,但我挖得越远,问题就越复杂和令人费解,因为地下通道呈蜂窝状遍布四方。我心想:这只香鼬到底有什么死敌,竟然让他为自己准备了这么多逃跑方式,而且处处都有后门?要逼得他走投无路几乎是不可能的,而在他的堡垒里迷路就像迷失在猛犸洞[1]里一样。他可以让追捕者晕头转向,时而出现在这个门口,时而又在那门口露头;时而在阁楼上嘲笑追捕者,时而又在地窖里挑衅之!到目前为止,我只发现了一个入口,但有些洞室离地面非常近,看起来建造者已经考虑到了紧急情况,到时他可能想从一个新地方快速跑到地面上来。

---

[1] 猛犸洞(Mammoth Cave)是世界上最长的洞穴体系。内部洞穴众多,错综复杂。该洞位于美国肯塔基州的猛犸洞国家公园,是世界自然遗产之一。这个"巨无霸"洞穴以古时候长毛巨象猛犸为名。截至2006年,总长度已被探到接近600千米。究竟有多长,仍在探索。

VIII. 鼬

最后，我停下来，倚着铲柄休息了一会儿，又躺在地上放松一下酸痛的后背，然后彻底放弃了。我第一次感受到了"你抓不到睡着的鼬"[1]这句老话的力量。我在河岸上挖出了一个惨不忍睹的大洞，两三次搬运堆积如山的泥土，而到了最后，很明显，找到这只香鼬和他的老鼠存粮这件事，自始至终都没有取得丝毫进展。

这时我由衷地后悔了，从一开始我压根就不该闯进他的城堡。我后悔自己没有做更明智的事，每天都来，在他把老鼠带回家时数一数，并在以后的每一年里继续观察他不就够了吗？现在，他堡垒的破损已经无法修复，他无疑会搬走，也确实搬走了，因为我用泥土封住的那些门，在冬天来临之后仍未被打开。

但是，我们对任何小型野生动物的私密生活似乎知之甚少。对我来说，任何鼬以这种方式穴居，并储存食物以备不时之需，都还是件新鲜事。他或许是小白鼬，身长八九英寸，尾巴约五英寸。他还穿着夏装，上身是深栗褐色，下身是白色。

令我百思不解的是，他把挖穴时挖出的土弄到哪儿去了，因为到处都找不到一粒土，但他肯定挖出了 1 蒲式耳或更多的土。从外面看，没有丝毫迹象显示地下有一个如此奇异的居所。入口隐藏在干枯树叶下，被树叶和地面之间的小通道与各种弯弯绕绕所围住。如果读者中有人发现鼬的洞穴，我希望他们能更明智点，

---

[1] 这句俚语的原文是"you cannot catch a weasel asleep"，指你别想骗过精明的人，但作者在这里显然用了它的字面意思。

在不打扰他居住的情况下观察他的往来活动吧。

几年后，我再次与一只鼬狭路相逢，他的巢穴就在附近一片泥沼边缘的河岸上。我们当时把沼泽清理干净，抽干了水，把它变成了一个花园，我还在那里给自己建了一间小屋。鼬的狩猎场，无疑也是他收集老鼠的老地方，这下被毁了，于是他通过抓捕我的小鸡来"报复"我。夜复一夜，鸡的数量越来越少。

直到有一天，我们正好看到他在鸡舍附近的路上大着胆子追赶一只较大的鸡。就在那一刻，他的偷鸡事业被我们中的一个人给当场断送。那时我们还不知道几码外的河岸上就有他的巢穴。下一个季节，我的鸡再次遭到捕杀，在鸡舍里被杀死，在地板下还发现了他们被吃掉一半的尸体。

有一天半夜，我惊醒了，因为听到谷仓里的鸡在栖息处突然被抓住时发出的那种哀号声。是我在做梦，还是我的鸡正被虐杀？我提着灯笼，带着我的狗冲了出去，跑到事发地，两只快成年的公鸡原本在那里的一个低矮树桩上过夜。他们都不见了，而狗的行动表明他嗅到了某种陌生动物的气味。但我们无法找到鸡或敌人的线索。我确信，只有一只鸡被抓住了，另一只则在黑暗中狂奔而去，事实证明确实如此。那只死鸡就在树桩边上，我早上在那里发现了他，而他的同伴则在白天安然无恙地出来了。从那以后，无论大鸡还是小鸡，晚上都被关进了鸡舍里。

第三天，鼬再次胃口大开，居然胆大包天地在我们眼皮底下追赶一只鸡。我正带着狗站在门廊上和邻居夫妇聊天，而他们则

VIII. 鼬

带着他们的狗站在我前方几码远的路上。在我的朋友们身后不远处,一只鸡突然在岩石后高处的灌木丛中尖叫起来。然后,鸡从岩石上冲下来,越过他们,一边飞一边尖叫,后面紧紧跟着一只细长的红色动物,像条蛇一样滑过岩石。他的腿极短,人们只能看到他迅速滑行的身体。追逐者和被追者穿过马路,进入花园,转眼离我的朋友们只有不到一码远,我和我的狗也冲进了花园。当我赶到现场时,鼬抓住了鸡的翅膀,拖行着正在努力逃跑的鸡。我怀着许多天来从未有过的狂喜,一脚狠狠踩在鼬身上。脚下松软的泥土下陷了,使我虽然抓住了他,却没有伤到他。他松开了鸡,用牙齿死死咬住我的鞋底。此时,我弯腰伸手用拇指和食指掐住他的耳朵后面,把他拎了起来,直视着他无能为力的愤怒。多么炯炯有神的眼睛,多么充满威胁的牙齿,多么凶狠逼人的利爪,多么扭曲抽搐的身体!但我牢牢地抓住了他。他只能抓挠我的手,并从那双电光四射、珠子一样圆的眼睛里向我喷射怒火。与此同时,我的狗也蹦蹦跳跳地跑过来,请求我让他和鼬玩玩。但我知道他无从知晓的事情:在类似公平交锋的情况下,鼬都会先发制人,让对手流出第一滴血,从而借此逃脱。

于是,我把这只扭动着、抓挠着的动物拎到路上一个远离任何掩体的地方,猛地将其摔在地上,希望这样能把他摔晕、摔蒙,以便我的狗能在鼬恢复理智之前冲过来把他咬死。但我估计错了,因为这一击虽然确实把他弄得晕头转向,但他的动作对狗来说还是太快了,就像电夹子一样一口咬住了狗的嘴唇。我的狗尼普仰起头，在空中猛烈地左右甩动鼬，试图把他甩掉，嘴里发出愤怒和痛苦的叫声，但好一会儿没能挣脱这只动物的钳制。当狗终于成功摆脱，并且第二次试图抓住鼬时，鼬又一次先发制人，但很快就松了口，并四处乱窜，寻找掩体。狗有三四次追上了他，但每次都发现他太凶狠了，无法抓住他。看到这个家伙有可能逃跑，我再次用脚把他踩住，并且彻底结果了他。

鼬是小型哺乳动物中最大胆、最嗜血的一种。事实上，大型野兽中也没有比他更加大胆、嗜血的了。他有某种恶魔般的、诡异的气质。他像命运一样顽强地存在着；他躲避，但又无法被躲避。他对较小的动物——老鼠、兔子、花栗鼠——造成的恐惧简直是致命的。据说，被鼬追赶的一只老鼠曾冲进一个房间，发出凄厉的叫声，以寻求床上之人的保护。一只花栗鼠为了躲避鼬，会爬到一棵大树的顶端，而当被追上时，就会松开爪子，绝望地尖叫一声朝地面坠去。

有一天清晨，我的一个朋友在路上散步，看见一只老鼠冲过栅栏，在他前面几码处穿过。一只鼬紧追其后，在老鼠能爬上对面的墙之前将其抓住。我的朋友急忙举着手杖去救老鼠。但鼬躲开了他的左右攻势，瞬间凶狠地转向他。我的朋友瞄准鼬又打了几下，但毫无效果，这时鼬开始在他面前直跳起来，离他的脸近在咫尺，眼睛凶光闪闪，利齿令人胆寒，并避开了他的每一击。我的朋友说，这种效果异常诡异，令人震惊，就像撒旦手下某个怒不可遏的小恶魔在他面前跳舞，并要伺机掐住他的喉咙或重击

VIII. 鼬

他的眼睛。他慢慢后退，同时用手杖敲打着空气。随后，鼬又回到那只已被咬伤的老鼠那里，试图将其拖进墙里。我的朋友开始向鼬投掷石块，但他轻松地躲开了。此时，另一个路人也加入进来，两个人一起向鼬猛投石块。直到最后，鼬在躲避一个石块时，被另一个石块击中，疼痛难忍，于是放弃了老鼠，躲进墙里，想等着敌人走后再来取走他的猎物。

我必须再举一个例子来说明鼬的大胆和凶残。佛蒙特州北部的一位妇女发现有东西在伤害她的母鸡，而且经常是在巢里。她一直在寻找凶手，最后终于抓住了一只正在作案的鼬。他咬住了母鸡，当她试图吓走他时，他却不肯松口。于是妇女抓住鼬，想掐死他。这时，鼬松开了母鸡，把利齿死死嵌入她的拇指和食指之间。她掐不死他，就跑去向邻居求助，但没人能在不撕掉她手上皮肉的情况下让鼬松口。后来有人建议打一桶水，把她的手和鼬都投入桶里，但即使如此，鼬还是不松口，直到被淹死也没有松口。

鼬是鸟类狡猾而破坏性强的敌人。他会爬到树上，并且非常轻松灵活地四处探索。我曾好几次看到他这样做。有一天，我的注意力被一对棕色乌鸫愤怒的叫声给吸引住了，他们沿着偏僻田野里的一堵老石墙，在灌木丛间飞来飞去。很快，我看到了刺激他们的东西——三只很大的红色白鼬[1]正沿着石墙走来，悠闲地

---

[1] 白鼬的毛色随季节变化。

带有一丝嬉戏的心情，探索着石墙附近的每一棵树。三只白鼬很可能劫掠了乌鸦的巢。他们会轻轻松松地爬上树，像蛇一样滑到主枝上。他们从树上下来时，不能像松鼠那样直接跃至地面，而是会绕着树干盘旋而下。当我走近时，他们大胆地把头探出墙外，打量着我，闻嗅着我。他们那又圆又薄的耳朵，突出的、闪闪发光的像珠子一样的眼睛，还有那像蛇一样蜿蜒的头颈动作，都相当引人注目。他们看起来像吸血鬼和偷蛋者，给人一种极其无情和残忍的感觉。当老鼠发现有这种无畏、狡猾、善于绕行的动物在他们的洞里穿行时，他们的惊恐也就能够理解了。老鼠们逃跑的时候，一定就像是在试图逃避死神本尊。

有一天，我站在树林里一块平坦的石头上，在某些季节，这里是一条小溪的河床。这时，一只白鼬像一道波浪般起伏而来，跑到我站着的石头下面。当我一动不动时，他探出楔形的头，又转回头伸到石头上方，好像有些想咬住我的脚，然后他又缩了回去，径自走了。这些白鼬经常像英国白鼬那样成群结队地捕猎。

我小的时候，有一天父亲给我配了一把旧火枪，让我去打玉米地里的花栗鼠。在我观察花栗鼠的时候，一队白鼬试图穿过我坐着的一根挡路横栏，而且一心非要这样做，这惹毛了我，我就孩子气地向他们开了枪，只是为了让他们的希望落空。其中一只白鼬被我打伤了，但这支部队毫不气馁，在做了几次佯装穿越的假动作后，其中的一只叼起那只受伤的同伴，把他衔了过去，而整队白鼬都消失在横栏另一边的墙里。

VIII. 鼬

在本章的最后，让我对鼬这种鸟类和较小动物的机警敌人补充二三事。

有一天，一个农夫听到草丛里有奇怪的咆哮声，走近一看，只见两只鼬正在争夺一只老鼠。两只鼬都咬着老鼠，向相反的方向拉扯着，完全沉浸在争斗中，结果农夫趁机小心翼翼地把手放下去，同时抓住了他们的后颈。他把他们关进笼子里，喂面包和其他食物，但他们坚决不吃，而没过几天，其中一只就把另一只吃了个精光，骨头剔得干干净净，只剩下一副骨架。

还有一天，同一位农夫正在地窖里，两只老鼠从他附近的一个洞里急急忙忙地窜了出来，爬上地窖的墙，又沿着墙顶部一直跑，直到一根木头拦住了去路，他们绝望地转过身去，焦躁地朝来时的路上观望。不一会儿，一只鼬从洞里钻了出来，显然是在紧追他们，但他看到农夫后，又猛然停下，飞快地跑了回去。毫无疑问，老鼠们转过身去是想与鼬拼死一搏，而且很可能与他势均力敌。

鼬似乎是靠气味追踪猎物的。有一天，我认识的一个猎人坐在树林里，看见一只红松鼠飞快地爬上附近的一棵树，然后跑到一根探出的长树枝上，又从树枝上跳到几块石头上，消失在石头之下。不一会儿，一只鼬全速紧追而来，上了树，也沿着那根树枝跑了出去，像松鼠那样从树枝上跳到岩石上，追着松鼠钻进了岩石下面的凹处。

松鼠无疑成了鼬的猎物。松鼠最好的办法本应是躲在更高的树梢上，在那里他可以轻易地拉开与鼬的距离。但在岩石下面，他的机会就很渺茫了。我经常在想，是什么抑制了鼬这种动物的数量，因为他们非常罕见。他们从来不需要挨饿，因为到处都有大耗子、小老鼠、松鼠和鸟类。他们可能不会成为任何其他动物的猎物，也很少被人类捕捉或杀死。但是，正如达尔文所说，制约任何动物物种增长的环境或作用力往往都是令人费解，且鲜为人知的。

IX.

THE MINK

水貂

初冬的一天，我们在树林里散步，在新雪上看到了一只水貂前一天晚上受惊的足迹。这只水貂曾急速地穿过树林，不是沿着白天人能看到他的河道，而是翻过山脊，穿过山谷。我们沿着他的足迹走了一段距离，想看看他经历过什么奇遇。我们跟着他穿过一片灌木丛生的沼泽地，发现了他是从哪里离开沼泽地去探索一堆岩石的，然后在哪里回到沼泽地，以及又在哪里进入了更开阔的树林。不一会儿，足迹急转回来，他迈着大步匆忙原路返回。是什么原因让水貂突然改变了主意？我们又往前探索了几步，发现了一只狐狸的足迹。水貂可能看到了狐狸在树林里鬼鬼祟祟地跟踪，而这一幕无疑让他心惊肉跳。我想他爬上了树，一直等到狐狸过去才离开。水貂的足迹在铁杉丛中消失，然后在铁杉丛的另一边，稍远一点的地方再次出现。从这道足迹可以看出，它绕了一大圈，然后在离它的行程中断处仅几码远的地方与狐狸的足迹交叉。此后，它沿着一条小水道，到了林间小路上的一座简

《水貂》

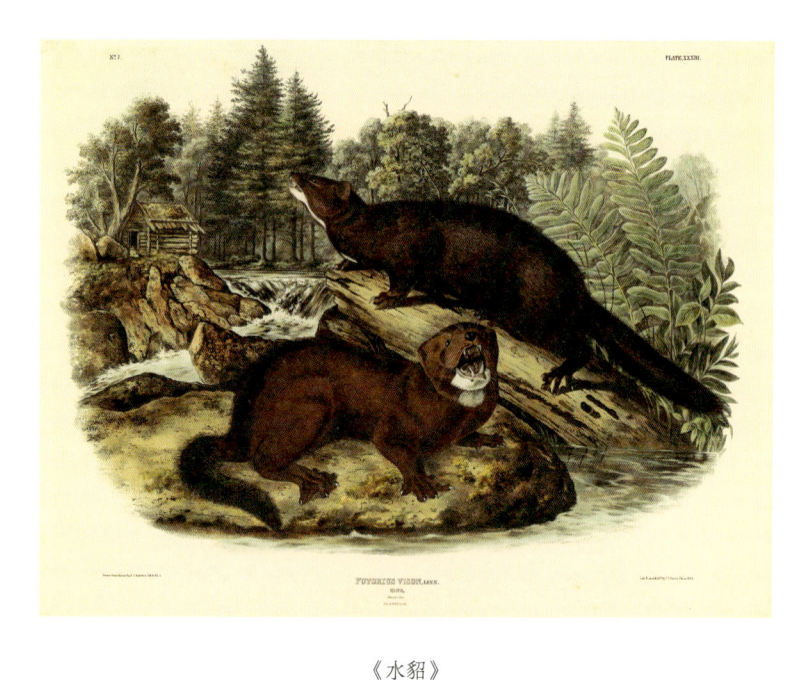

1844年，约翰·詹姆斯·奥杜邦 绘，约翰·T. 鲍恩 临摹

美国国家美术馆

IX. 水貂

易小桥下,接着在灌木丛中较茂密的地带与松鼠的足迹混在一起。如果水貂在途中碰上了麝鼠或兔子,抑或巧遇松鸡、鹌鹑或农夫的鸡窝,他就能吃上心仪的晚餐了。

一天早上,我在雪地上循着一只水貂的足迹走去,直到在一条小溪旁的石墙边,发现这个偷偷跟踪的家伙追上并杀死了一只麝鼠。雪地上的血迹和吃掉半截儿的麝鼠尸体说明了一切。水貂非常喜欢吃麝鼠,因此捕貂人经常用麝鼠肉做诱饵来下套。我好奇水貂是否学会了从水下的洞口进入麝鼠的巢穴,再从那里钻到麝鼠上面的房间,随后在房间里进行搜寻,那样一来,可怜的麝鼠几乎无法逃脱。

水貂只是一种体型较大的鼬,像鼬一般大胆和嗜血。夏日的一天,我和我的狗拉克正坐在树林里的一条小溪边,就看见一只水貂沿着小溪向我们游来。我一动不动地坐着,直到水貂离我们只有几英尺的距离时,狗才看到他。当狗跳起来时,水貂飞快地钻到了一块扁平的大石头下面。拉克非常凶猛,似乎在对我说:"只要把那块石头抬起来,我就让你看看我是怎么收拾水貂的。"我赶紧抬起石头,拉克就冲向猎物,但他又飞快地退了回来,还痛苦地大叫了一声,就像触碰到了烧红的烙铁。看来是水貂先发制人,不是抓了就是咬了拉克,随后就从我们的脚之间逃之夭夭,仿佛凭空消失了一样。他去了哪里是个谜。没有洞穴,水也不深,我和狗都没有发现任何藏身之处,可水貂却踪迹全无,就像变戏法一样。

水貂喜欢吃鱼，能在水中抓鱼。这使他们在小鳟鱼溪流和池塘边极具破坏力。有一次，我看到一条鳟鱼的侧身有一道深深的伤口，这无疑是水貂的杰作。还有一次，我和一个朋友在卡茨基尔山中的一条鳟鱼溪边露营，我们将其命名为"水貂营"，因为每天晚上天一黑，就会有很多水貂来吞吃我们扔到对岸的鱼头和鱼的内脏。我们经常能听到他们争抢战利品的声音，在篝火昏暗的光下，有时还能看到他们的身影。

水貂在雪地上的足迹与松鼠足迹之间的区别一目了然。在松鼠的足迹中，大后脚的脚印在前，而小前脚的脚印在后，像兔子的脚印一样。而水貂呢，他在奔跑时，通常会将后脚正好踩在前脚的脚印上，而且比松鼠的两脚间更靠近，这样他在雪地上留下的足迹就像这样：

松鼠的足迹，以及兔子和白足鼠的足迹，则是这样的：

一个冬日，我清楚地看到一只水貂在溪边的冰雪上奔跑。他看到或听到了我，于是加快了速度。他跳跃时背部高高地弓起，整个姿势呈现出一种奇怪的僵硬和机械感，完全没有松鼠的优雅和轻松。他跳得很高，一下子就跃出了大约两英尺半。

X.

THE RACCOON

浣熊

浣熊像是熊的简缩版。三月，小家伙从岩架上的巢穴里钻出来，在雪地上留下趾行动物锐利的脚印。他们经常成对出行，瘦弱又饥饿，一心想着抢劫和掠夺。浣熊的日子真不怎么值得羡慕，夏秋时节大吃大喝，冬天冬眠，春天挨饿。到了四月，我看到前一年出生的小浣熊在田野里缓缓地四处爬动，他们饿得瘦弱不堪，就连我拎着他们的尾巴把他们带回家，都毫无反抗之力。

老浣熊也变得非常憔悴，于是大胆地跑到谷仓或其他外围建筑附近寻找食物。我记得，初春的一个早晨，天还没亮，就听到农场里的老狗卡夫在大声吠叫。我们起身后，发现卡夫在一棵距离房子大约有30杆远的白蜡树下，正抬头看着，光秃秃的枝条间趴着一个灰色的家伙，他的举止和叫声都表现出对于我们姗姗来迟的极大不耐烦。到达现场后，我们看到树上有一只体型异常巨大的浣熊。一个人自告奋勇地爬上去想把那个家伙摇下来。这正是老卡夫想要的，当他看到自己的主人爬上树时，高兴得一蹦三尺高。爬到离浣熊不到8英尺或10英尺远的地方时，我们的同伴抓住浣熊紧抱的树枝，猛烈地摇晃了很久。但是这丝毫没有给浣熊造成失足掉落的危险，而当攀爬者停止摇树以便重新抓牢树枝时，浣熊就咆哮着转向之，非常清楚地摆出了要向前进攻的架势。这迫使他的追捕者不得不急速地从树上下来。当浣熊终于被枪打下来时，他满腔愤怒地与高大威猛的狗搏斗起来，以牙还牙地大战了好一会儿。过了一刻钟，这期间实力远超过他的对手像猎狗摇晃老鼠一样摇晃着他，牙齿咬穿了他的背部尾椎处，但浣熊仍然表现出决一死战的斗志。

浣熊的生命力非常顽强，和獾一样，他总能打败与自己体型和体重相当的狗。土拨鼠的牙齿像凿子一样锋利，咬起人来非常凶猛；但浣熊行动敏捷，四肢发达。

只有在接近夏末或在秋季时，浣熊才被视为野味，因为此时他们长肥了，肉质变得甜美。每到这时，在偏远的内陆地区，猎浣熊就成为当时一种著名的消遣方式。浣熊属于完全夜行性动物，因此人们只在晚上进行捕猎。靠近大山的某个偏僻小山坡，或者两片树林间的一片玉米地，是他们最经常光顾的地方。当玉米还青涩的时候，浣熊就会像猪一样把玉米棒扯下来，撕开外皮，吃掉鲜嫩多汁的玉米粒，弄伤和毁坏的颗粒比吃掉的要多得多。有时，浣熊的肆虐会使农民大为头疼。但是，每个这样的社区都有浣熊犬，男孩和年轻人也都酷爱猎浣熊这项运动。在一个漆黑无月的夜晚，一行人会在八九点钟出发，悄悄地靠近玉米地。浣

《浣熊》

年份不详，西德纳姆·T. 爱德华兹 绘

威尔士国家博物馆

熊犬对自己的工作了如指掌,所以当他被放进一片玉米地并被告知要"抓住浣熊"时,他会进行彻底搜查,还不会被任何其他气味误导。你会听到他以极快的速度在玉米地里沙沙地来回穿梭。浣熊会竖起耳朵倾听,迅速跑到田野的另一头去。在寂静中,你有时可能会听到石块在墙头碰撞的响声,那是浣熊正急匆匆地向树林跑去。如果狗一无所获,他很快就会回到主人身边,以他沉默的方式说:"那里没有浣熊。"

但如果他发现了浣熊的踪迹,你很快就会听到石墙上发出更大的响声,然后是狗冲进树林时急促的叫声;几分钟后,当跑到浣熊躲藏的树下时,他又会继续反复大叫。接着是一通杂沓的狂奔,猎浣熊队伍冲上山坡,钻进树林,穿过灌木丛和黑暗,被倒伏的树木绊倒,跌进沟谷之中,丢掉了帽子,扯破了衣服,直到最后,跟着忠实猎犬叫声的指引,他们到达了那棵树下。

现在要做的第一件事就是生火,如果火光能照亮浣熊,就开枪打死他;如果不能,就用斧头砍树,除非最后这条权宜之计牺牲的木材太多,消耗的体力太大,在那种情况下,就必须在树下坐等到天亮。

XI.
THE PORCUPINE
豪猪

在野生动物中，有三种行动缓慢、头脑迟钝，而且几乎无所畏惧的动物——臭鼬、负鼠和豪猪。在这个国家的大部分地区，后两种动物似乎越来越多。负鼠在哈得孙河谷正变得相当普遍，而在多年前很少或从未见过豪猪的地方，也能经常撞见这种动物了。

如今，当男孩们在深秋时节去我年轻时常去的地方猎浣熊时，狗经常会撞到豪猪，或者把他赶到树上，这样狩猎就中断了。有时，狗回到主人跟前时，嘴上会扎满豪猪的棘刺，然后就不得不经历极为痛苦的拔刺过程。

一位冒险家讲到，有一次他偶然看见地上躺着一只死豪猪和一只死秃鹰，二者相距只有几码远，秃鹰已经把豪猪部分地撕碎了，但他在用喙攻击豪猪的过程中，豪猪身上的大量棘刺也扎进了他的喉咙里，这些东西的威力显然造成他和受害者同归于尽。

豪猪的棘刺犹如一个坏习惯，一旦扎根，就会不断地越扎越深，虽然它本身没有运动能力。正是受害者鲜活、动态的肉体，令倒刺结构的刺尖稳稳扎进皮肤中。有一天，我和儿子在卡茨基尔山的一座山顶上遇到了一只豪猪，和他玩了一场小马戏。我们想把他弄醒，如果可能的话，让他表现出一点儿兴奋。在不对他使用暴力或造成伤害的情况下，我们仅仅成功地让他勉强瞪起了眼睛，但是要他加快动作，他就绝对不肯，大概也无法做到。

让这只豪猪感到震惊和恐慌的似乎是，他的棘刺对敌人完全无效，他们嘲笑他的武器。他把头埋到石头底下，背部和尾巴露在外面。这是豪猪最喜欢的防御姿势。他似乎在说："有胆你就来吧。"碰一下他的尾巴，它就会像个捕兽夹一样猛弹起来，扎得你满手都是小棘刺。尾巴是主动防御的武器，豪猪用它来攻击。它是前哨，挡在城堡之前先发射火力。毫无疑问，正是因为这一事实，人们才普遍认为豪猪会射出他的棘刺，但他实际上不能。

我们用一根腐烂的木棍一次又一次地逗弄豪猪的尾巴，直到他的棘刺快要所剩无几，他变得不安起来。"这是什么意思？"他似乎在说，躁动情绪升级。我们也玩弄了他背上的盾牌，而当我们最后用一根分叉的棍子把他拽出来时，他的眼睛都快要瞪爆了。这家伙的语气是多么愤怒和受伤啊！抱怨我们的不公平手段！他抗议啊抗议，又是悲号又是斥责，就像一个被男孩折磨的虚弱老人。在我们把他拉出来后，他的把戏就是尽量让自己保持球形，但最后我们用两根棍子和一根绳子把他翻了个仰面朝天，露出了他那没有棘刺的柔弱腹部，这时他基本投降了，似乎在说：

XI. 豪猪

"现在你们可以随意处置我了。"我们当面取笑了他,随即便离开了。

在我们到达营地之前,我的一只脚突然感到奇痛无比,好像一根大的神经正被粗暴地锯成两半。我一步也走不了了。坐下来脱掉鞋袜后,我寻找着引起这令人寸步难行的疼痛的原因。脚上没有伤痕,但脚踝上那根像是蓟上长的小尖刺是怎么回事?我把它拔了出来,发现它是豪猪身上一根较小的棘刺。在我们的"马戏表演"过程中,这根刺不知怎么掉进了我的袜子里,而且这东西还"上身"了,豪猪为我们对他所有的侮辱报了仇。我受到了很好的惩罚。事后好几个月,被棘刺扎中的那根神经都对这刺有着极不愉快的记忆。

当你在豪猪的栖息地突然遇到他时,他会缩回并低下头,竖起他的盾牌,拖着宽大的尾巴,慢慢地蹒跚离开。他的盾牌就是背上的一层较大的棘刺,他会将其呈圆形展开,使整个身体完全隐藏在下面。豪猪凿子般的大牙齿像土拨鼠的一样可怕,但他似乎根本不用这些来自卫,而是完全仰仗他的棘刺,一旦棘刺失效,他就完蛋了。

有一次,我独自一人在卡茨基尔山的最高峰斯莱德山上度过了一个夏夜。我很快就发现竟然有许多豪猪想和我做伴。我下午抵达的消息似乎在他们中间不胫而走。他们可能嗅到了我的气味。休息了一会儿后,我出发去找泉水,刚好遇到一只正朝我的营地走来的豪猪。他转身钻进了草丛,然后,当我停下来时,他重新

《加拿大豪猪》

1844年,约翰·詹姆斯·奥杜邦 绘

阿蒙·卡特美国艺术博物馆

XI. 豪猪

回到路上，直接从我脚面上走了过去。显然，他觉得自己和我一样有权走这条路，因为在我之前，他已经走过这条路很多次了。当我拿着棍子向他冲过去时，他慢慢地爬上了一棵小香脂冷杉树。

我很快就找到了泉眼，将其挖开并清理干净后，我就坐在一块石头上，等待泉水慢慢渗出来。这时，附近的灌木丛中有动静，不一会儿，一只大豪猪就出现在眼前。我以为他也在找水，但不是，他显然是在去我营地的路上，看来他也听到了山顶上的最新传言。观察他的行动相当有趣。他以最漫无目的、最憨头憨脑的样子摇摇晃晃地走来，一会儿向右偏一点，一会儿又向左偏一点，迟钝的鼻子似乎隐约在感受着空气，同时在地上笨手笨脚地摸索着，而零散的巨石和小山丘又折腾得他反复改变路线。他的目光呆滞地四处游移，我明明就在他四五码远的地方，可他对我视而不见。然后他往回走了几步，但路上的某个小障碍又令他改变了主意。他像是在梦游，一举一动都充满了不确定性，他却是真的在向我的营地游荡。不一会儿，他走上了那条清晰的小路，灰乎乎、不成形的身体慢慢消失在山坡上。五六分钟后，我赶上了正蹒跚前行的他，视线前方正是我放毯子和午餐的大石头。当我走到他跟前时，他压低尾巴，竖起背上的棘刺盾牌，慢慢钻进了荒草丛中。吃午饭时，我听到了响动，循声一看，他就在那里，正在几英尺外的小路上抬头看着我。"一个不速之客，"我说，"但是过来吧。"他犹豫了一下，然后转身钻进了路边的草丛。他宁可等到我吃完饭睡觉之后，或者离开之后才出来。

像豪猪、负鼠、臭鼬、乌龟这样的动物，自然赋予了他们对抗一切敌人的武器，但与那些没有现成的防御机制、被众多敌人捕食的动物相比，他们的智慧要逊色多少啊！能天然抵御一切危险，从不感到恐惧或焦虑，为此付出的代价就是变得愚蠢、笨拙。如果豪猪像土拨鼠那样易受敌人的攻击，他可能很快就会变得像后者那样机警和腿脚敏捷了。

那天下午，在山顶上度过的一个多小时里，我的注意力一直被一种奇特而连续不断的声音所吸引，它似乎来自东边很远的地方。我问自己："这是隐藏在群山之中的遥远山谷里的某个工人发出的声音，还是说这声音的源头就在离我更近的山边？"我无法确定。这不是锤击声、摩擦声，或者锯锉声，尽管它让人联想到这些声音。它像是一种模糊而遥远的口技。在孤寂的山顶上，这声音颇有些可喜和悦耳。最后，我开始尝试解开这个谜。离开营地还不到 50 码，我就知道自己已经接近了声音的来源。很快，我看到一只豪猪趴在一根木头上。当我走近时，声音停止了，豪猪也走开了。他发出的是一种奇特的吟唱，或者是对我出现在山上感到惊奇和诧异——又或者，他是在召集族人，准备午夜时突袭我的营地吗？

那天晚上，我用蕨类植物和香脂树枝在一块悬岩下铺了床，正好能躲避天刚擦黑就席卷了整座山的暴风雨。我躺下来，盖好毯子，身边放了一根长棍，以防豪猪光顾。半夜，我被惊醒了，从我的庇护所向外望去，只见灿烂星空下映出一只豪猪的轮廓。

XI. 豪猪

我用棍子刺向他，随着一声像是发牢骚的呼噜，他消失了。过了一会儿，我又被同一只豪猪，或是另一只，惊醒了，并且又像上次一样将其赶走。在那天晚上余下的时间里，他们时不时地以这种方式来拜访我，结果我只能在一只豪猪离开到另一只豪猪来访之间的间隙里短暂小睡。

豪猪是啃食大户。他们似乎特别喜欢啃食任何被人类的手触碰或使用过的工具或物品。如果我躺着不动，他们很可能会啃掉我的鞋子、午餐篮或手杖。山脚下的一个定居者告诉我，他们经常在夜里钻进他的地窖或柴房，尽情地啃咬他的工具柄、水桶或马具，以满足他们最大的嗜好，这让他非常恼火。他说："要是把其中一只踢出门，过不了半小时他就又回来了。"冬天，他们通常住在树上，啃掉树皮，以内层为食。我见过大铁杉被这样剥光啃食而死。

XII.
THE OPOSSUM
负鼠

在过去几年里,哈得孙河畔我家附近的雪地上出现了一种新的足迹。它很奇怪,像是一只小小的畸形人手。如果我们童年时读到的小矮人或棕仙在冬天走到户外,他们可能会在身后留下这样的脚印。

我们很少在十二月以后看到这种足迹,它是负鼠留下的。这种动物显然正在这片土地上大量繁殖,并且在向北扩展。多年前,这里还很少发现他们的踪迹,而现在已经非常常见了。我听说他们在长岛的一些地方数量特别多,很令人头疼。负鼠的后脚有一个与其他脚趾相对的拇指,而正是这个拇指的印记看起来非常奇怪。负鼠的脚底就像人的手一样裸露无毛,这让雪地上的足迹看起来更加新奇。

深秋时节,我的雇工在一个洞里设了捕兽夹,希望能抓到一只臭鼬,结果却抓到了一只前脚被夹住的负鼠。可怜的小家伙严重残废了。他将其养在一个木桶里,喂了几个星期,试图弥补他造成的伤害。然后,他给了负鼠自由,尽管后者受伤的脚几乎没有痊愈。

没过多久,他又在同一个洞里设下了捕兽夹,可让他恼火的是,这次他又抓住了同一只负鼠,只是这次夹住的是一只后脚。他拎着负鼠善于缠绕的尾巴,把这个安静、毫无怨言的小家伙带到我面前,问我该怎么处置,或是为其做点什么。我决定在我书房的一个角落里给这个小家伙建个病房。我在一堆杂志后面给他做了个窝,喂养照料了他几个星期。在这段时间里,据我所知,他从未出过一声,也没有表现出丝毫的不安或痛苦。白天,他蜷缩在窝里睡觉。如果受到打扰,他也不会装睡或装死,而是抬起头,以一副滑稽、愚蠢的样子朝你咧嘴傻笑。晚上,他一瘸一拐地在书房里四处走动,吃掉我为他准备的肉和蛋糕。有时,白天他也会从角落里出来,在躺椅下面吃东西,吃相有些像猪,不过没那么贪婪。事实上,他的所有动作都非常缓慢,就像臭鼬一样。

据说负鼠的毛皮极臭,连狗都不会碰。狗总是对毫不畏惧、不试图躲避他的动物满腹狐疑。我却没怎么闻到负鼠的这种恶臭。

过了一阵子,我的小病人开始爬到书架上翻看起书籍来,这可是不小的麻烦。于是我决定让他出院。一天晚上,我拎着他的尾巴,把他带到敞开的门前,放在门槛上,告诉他回到大自然去。他犹豫了一下,回头看看温暖的房间,又向前看看茫茫的冬夜,想到自己残疾的前后脚以及设置在毫不知情的负鼠所住洞里的捕兽夹,一时拿不定主意。"走吧,"我说,"我已经为你尽我所能

《弗吉尼亚负鼠》

1845 年，约翰·詹姆斯·奥杜邦 绘

阿蒙·卡特美国艺术博物馆

了,你现在去自谋生计吧。"他像个老人一样,慢慢地爬下门槛出去了,消失在黑暗中。我毫不怀疑,他对于重获自由发出了一声叹息。如果再有人给他设套,他很可能还会像以前那样天真无知地一脚踩进去。

三月的一天,我的邻居给我带来了一捧小负鼠,非常小,共有16只,就像刚出生的小老鼠。负鼠妈妈是在铁路上被找到的,已经死去,就像浣熊、狐狸、麝鼠和土拨鼠经常遭遇的意外那样,被夜间快车轧死了。幼鼠在母鼠的育儿袋里,每只都紧紧咬着母鼠的乳头,也已经死了。小负鼠会被母亲带在这个奇特的口袋里哺育到四五周大,或者像大老鼠那么大。之后,母亲也经常把他们背负在身上四处走,小负鼠会依附在她身体的各个部位,有的还用尾巴缠绕着母亲的尾巴。

第二年冬天,两只或更多的负鼠和一只臭鼬在我书房的地板下安了家。这可根本不是一个幸福之家。我不知道他们之间到底有什么分歧,但臭鼬显然想把负鼠熏走,而负鼠比我更能忍耐。我开始衷心希望他们全都被熏走了。正当我开始想办法的时候,臭鼬自己跑了。从那以后,我唯一的烦恼就是来自负鼠之间的争吵,他们还在下面日夜不停地折腾。有时,他们会发出好像在地板下面划火柴的声音,然后,他们似乎是在把床从一头挪到另一头重新铺。有时我还觉得他们在睡觉时打呼噜。一天晚上,我去房子外面的书房,小路旁的枯叶和草丛里传来沙沙的声音。我点燃一根火柴,走近一看,发现那些负鼠中的一只正准备去夜游。

XII. 负鼠

我弯下腰摸摸他的头,挠挠他的背,但他一动不动,只是微微张开嘴巴,一副憨态可掬的样子。

XIII.

WILD MICE

野生小鼠

鹿鼠是我们本地老鼠中最漂亮、数量最多的品种之一，也叫白足鼠。这种夜行动物非常美丽，耳朵很大，硕大晶莹的眼睛中满是一副野性而又温和无害的神情。他身上有精致的花纹，脚爪和腹部都呈白色。白天受到惊扰时，他很容易被捕获，丝毫没有普通旧大陆[1]老鼠的狡猾或是凶狠。田野和树林里都有鹿鼠出没。

把山毛榉坚果存储在高处的树干空洞里以备过冬之用的，正是鹿鼠。每一颗坚果都被仔细地剥了壳，作为仓库的空洞里还铺上了草和树叶。樵夫经常把这些珍贵的储备给糟蹋一空。我见过从一棵树上掏出了约有1加仑[2]的坚果，干净洁白，就像是由一双最纤巧的小手摘下剥好的一样，而它们确实也是。这个小生灵

---

[1] 旧大陆（Old World）：亦称"东大陆"或"旧世界"。主要指亚、欧、非三大洲，即东半球陆地。15世纪末以前，亚、欧、非三洲与美洲处于相隔离状态，欧洲人"发现"美洲后称之为"新大陆"。由于亚、欧、非三洲比美洲开发早，故名。

[2] 1加仑（美）约为3.8升。

得花多长时间才能收集到这么多，把它们一个个去壳，然后运到他五楼的储藏室里啊！

不过，鹿鼠并不总以这种方式把补给带回家，而是常常将其藏在最近的便利所。我见过他们把一品脱[1]或更多的山核桃藏进一双放在房子外屋的靴子里。在栗子树附近，他们会用栗子填满地面上像口袋一样的小凹陷。在谷物田里，他们会把谷物藏在石头下面。在樱桃树下的一些隐蔽处，他们会收集大量的樱桃核。因此，当严寒来临时，他们并不像花栗鼠那样待在家里，而是东游西逛，四处寻找补给。在树林、田野和路边的雪地上，随处可见他们的足迹。这种生活方式的好处是鹿鼠不断地活动，还可能由此促进社交。

一天，我在树林里散步，在一棵小糖槭周围的某个地方，看到老鼠的脚印异常密集。毫无疑问，这里有他们的粮仓，我敢肯定他们在这里储存了山毛榉坚果。有两个入口通往树洞，一个在底部，另一个则在七八英尺高的地方。上面的入口只有一只老鼠那么大，但有只松鼠一直试图闯进去。他用凿子般的牙齿把坚硬的木头切割了将近一英寸深，木屑散落得一地都是。松鼠知道里面有什么，而老鼠们也知道松鼠知道什么，因此他们显然惊慌失措，在雪地上四处狂奔。我毫不怀疑，这已经让那只红松鼠盗贼领教了他们的不满。在离树几码远的地方，老鼠们在雪地上挖

---

[1] 1品脱（美）约为550毫升。

《白足鼠》

1844年,约翰·詹姆斯·奥杜邦 绘

阿蒙·卡特美国艺术博物馆

了一个洞,也许是通往地下某个舒适的巢穴。他们可能趁松鼠背对着他们工作的时候,偷偷地把自己储藏的坚果转移到了那里。只要再干一个晚上,松鼠就能打开上面的入口钻进去了;如果他发现洞里空空如也,那可真是个天大的笑话!我想,这些土生土长的老鼠必须采取许多预防措施,才能确保他们的过冬储备不被松鼠掠夺,因为松鼠的生活可以说是朝不保夕,勉强糊口。

野鼠酷爱蜜蜂和蜂蜜,显然,他们最开心的事就是冬天能够有幸住在一个蜂巢的空当里。他们似乎最喜欢待在蜜蜂正上方的空间,因为在这里可以享受到蜜蜂产生的温暖。有一个极为寒冷的冬天,我用披肩裹住了一个蜂巢。没过多久,我看到披肩开始变得破破烂烂。经过检查,我发现一只本地老鼠住进了蜂巢的顶部,还撕坏披肩给自己做了舒服的窝。披肩上大块的毛料被彻底扯散,前所未有地被还原成了最初的经纬线。这堪称一件技术高超的拆解杰作。纺轮和织机的工作被整个逆转,曾经的披肩现在变成了最细最软的毛线。

白足鼠在篱笆边和树林里比人们想象的要常见得多。一个冬日,我在树林边缘的一些岩石下放了一个捕鼠器——一种具有欺骗性的老鼠陷阱,以确定这个季节最活跃的是哪种老鼠。雪下得太大,所以我有两三个星期都没去看他。当我去看的时候,里面简直挤满了白足鼠。一共有七只,再多一只也没地方了。我们的树林里到处是这些小动物,即使在最严酷的冬天,他们似乎也过着快乐的社交生活。他们在雪下钻的细小地道和在雪上匆匆跳跃

XIII. 野生小鼠

的身影随处可见。他们用漂亮的足迹把树木和树桩,或是岩石和树木连接起来。显然,他们是为了冒险、探听消息和寻找食物而四处跑动。他们知道狐狸和猫头鹰就在附近,所以会时刻靠近遮蔽物。当穿过一个暴露的地方时,他们会格外匆忙。

田鼠无疑欢迎下雪。下雪时他们可以从地里或扁平石头下面的洞穴中出来,过上更加自由和活跃的生活。雪是他们的朋友,不但能御寒,还可以让他们在天敌猫头鹰、鹰和狐狸的眼皮底下遮挡自己的活动。现在,他们可以毫无顾忌地从藏身处出外冒险了。他们在地面上到处开辟小隧道和小路,还在大雪堆下面建造冬季的住宅。他们在夏天从未去过的地方建立起小型的聚居地,生活条件完全改变了,因为现在可以像在无雪的季节一样吃到喜欢的草根,以及各种草本植物和种子,但不会暴露在敌人面前。

我想,他们一定在雪堆下度过了美好的时光。也许他们在这个季节野餐和度假,就像我们在夏天所做的一样。春天雪堆融化后,你经常可以看到他们曾经的小营地:几平方码的牧场或草地底部看起来就像在上面画了一张地图,隧道和公路蜿蜒曲折,四通八达,连接着干草做的巢,这些巢可以算作地图上的城镇。通道像水管一样是平滑的圆筒形,只比老鼠的身体大一点点。我想只有田鼠才以这种方式生活在雪下。

有一天,我在半路上遇到了一只野鼠,当时的情况很奇特,他也在半路上,我们在一个高山湖泊中心相遇。我正抛出飞钓的拟饵,忽然看到在如镜的湖面上勾勒或者说蚀刻出了一个精巧的

"V"形图案，它的尖端大约到了湖心，而两条边则随着它们的分叉，逐渐向岸边消失。我看到这个"V"形的尖端正被慢慢地推过湖面，驾着小船驶近才发现原来是一只小老鼠正奋力地向对岸游去。他身下的小腿就像快速旋转的轮子。当我接近时，他潜入水底躲避我，但又像软木塞一样迅速浮出水面。看到他反复潜入水下，转眼又冒出来，真让人忍俊不禁。他不能待在水下超过一两秒。我赶紧把桨伸给他，他顺势爬上来，一直跑到我的手心里，在那里坐了一会儿，整理自己的皮毛，让自己暖和起来。他没有表现出丝毫的畏惧。这可能是他第一次与人类握手呢。毫无疑问，他一辈子都生活在树林里，而且出奇地不谙世事。他那双圆溜溜的小眼睛是多么闪闪发亮，他把我嗅得是多么仔细，想知道我是否比他目前看到的更危险！

我等了一会儿，然后把他放到船的底板上，继续钓鱼。但没过多久，他就变得非常不安分，显然想自行其是。他爬上船舷的边缘，探头朝水里看。最后，他再也无法忍受这种耽搁，大胆地跳下了船。但他要么改变了主意，要么就是昏了头，因为他开始朝来时的方向游去。我最后看到他时，他只是一个小点，消失在岸边的阴影中。

后来，我们在田里干活时，我又看到了一只令我很感兴趣的老鼠，一只我们本地的白足鼠。我们惊扰了在窝里哺育幼崽的母鼠，她带着孩子窜了出来，小家伙们紧紧地咬着她的乳头。她一路狂奔时，看起来像是被撕扯成了碎布一样奇特。她跑得太

XIII. 野生小鼠

快，结果有两只幼鼠没能抓牢母亲，被丢在了杂草丛中。我们静静地待着，不久，母鼠就跑回来寻找她的孩子了。当她找到一只时，就像猫叼小猫一样叼住他，然后带着他逃走了。过了一两分钟，她又回来，找到了另一只，也带走了。我好奇地想看看幼鼠会不会还像刚开始那样，再次咬住母亲的乳头，并以这种方式被拖走，但他们没有。我很想知道：他们是本能地在危险来临时咬住母亲的乳头，还是他们原本就在这样做，只是在有危险时也继续保持这样的姿势而已？我相信这种老鼠全家逃亡时总是采取这样的方式。

我怀疑，白足鼠是会向落难的同伴伸出援手的，至少，下面这件事看起来就是这样。在某个季节，他们在我的林中小屋里泛滥成灾，我对此头疼不已，不得不试着捕鼠，用了一种普通的圆形捕鼠器，上面带有四五个孔洞和钢丝弹簧。一天晚上，我听到头顶阁楼上捕鼠器弹起的声音，紧接着是老鼠的乱踢乱动。这种情况持续了一会儿，接着一切都安静了。"好了，"我想，"那只老鼠死了。"可是不久，捕鼠器又开始吱嘎作响，隔一小会儿就响一阵，一直持续着，让我根本别想入睡。我猜是那只老鼠太强壮了，捕鼠器根本奈何他不得，于是上楼去看个究竟。被夹住的老鼠实实在在是死了，可这使我更加困惑。仔细检查死去的老鼠后，我发现他背上的毛湿漉漉、乱蓬蓬的。因此，我断定是他的同伴们从这个地方叼住了他，并一直把他往外拽，想把他拖出捕鼠器，所以我听到了吱嘎声。其他解释似乎都不太可能。

在我们这边的树林里，最小的哺乳动物是小鼩鼱，长得极像老鼠，算上尾巴全身也长不过三英寸。他最害羞，也最不为人所知。只有在树林里坐着或站着一动不动的时候，人们才能偶尔瞥见他的身影。当树叶下有轻微的沙沙声时，你可能会看到一个小身影飞速穿过地毯般的树叶层中的一个小开口。他似乎非常害怕暴露在阳光下。就算是有上百个敌人正盯着他，等着抓住他，他的行动也不可能更加匆忙和谨慎了。一旦被抓到，见了光，他很快就会死去，可能是被吓死的。仲夏的一个晚上，我在树林里露营，一只鼩鼱钻进了一个空铁桶里，早上就已经死了。一位老师用捕鼠器捉到了一只，并试图把他带到学校给孩子们看，但当她赶到学校时，她的俘虏已经死了。冬天，他会在树林里的雪下钻出一条条小隧道，也时不时地在雪上露头，蹦跳几下后又一头扎进雪下。他的足迹就像最精致的针线活。我从未发现过他的巢穴或是见过他的幼崽。鼩鼱主要以蠕虫和昆虫为食。

有一种本地老鼠的足迹我们在雪地上看不到，那就是跳鼠的足迹。据我所知，跳鼠是野生小鼠中唯一会冬眠的。他比其表亲鹿鼠或是白足鼠要稀少得多，我也从未听说在谷仓或住宅里发现过。我想我听说过他被称为小囊鼠，因为他的外形和跳远式的奔跑方式。他的前腿短小，后腿则长而有力，在跳着跑的时候，一次能跳出两英尺或更远。我小时候经常看到这种跳鼠，但已经很多年没有再遇到过一只了。

有一年夏天，住在哈得孙河对岸达奇斯县的一个男孩用铁丝

XIII. 野生小鼠

捕鼠器捕获了四只这种跳鼠，两雄两雌。男孩说，当他拿起捕鼠器时，两只雄鼠立刻就死了，他认为是被吓死的。其中一只雌鼠也在十月份死了，但另一只活了下来，并在十一月初开始冬眠。他把冬眠的那只雌鼠带到纽约的老师那里，老师把她兜在一只羊毛袜子里，养了一个冬天。但这并不适合她，因为她在一月份时醒来，用从袜子里细细咬下来的羊毛给自己做了一条精致的小毯子，钻进里边又睡了。一两个星期后，我去这所学校，老师让我看正在睡觉的小老鼠。她蜷成一团，尾巴绕在头上。我把她捧在手心里，她似乎和死老鼠一样冰冷，也看不到她在呼吸。我小心翼翼地把她放回她的小毯子里。

没过多久，一只小家鼠被放进了跳鼠睡觉的盒子里。伯特小姐说："这是你见过的最小的老鼠。他偎偎在冬眠鼠身边，而冬眠鼠马上就爬起来照顾这个小家伙了。可是小家鼠要自力更生，在沙子里钻了洞，还从冬眠鼠那里偷了一些羊毛和羽毛来做自己的窝。但是跳鼠也跟着他一起钻了进去，扩大了巢穴，并偎偎在小家鼠身边。他们成了好朋友。不过小家鼠的气味太难闻了，所有的家鼠都如此，所以我把他拿了出去。接着跳鼠又蜷缩起来继续冬眠了。

"当天气暖和起来时，她舒展开身体，又吃又喝。她喜欢山核桃和麦片饼干，还吃玉米。我试着驯养她，拿了一根结实的羽毛和她玩耍。起初，她很抗拒，也很害怕，但过了一会儿，她就不在乎了，甚至当我用这根羽毛挠她的时候还若无其事地吃东西和清洁自己。但是,当她白天睡眼惺忪地刚醒来时,如果我开始和她玩,她总是吓得要死。在彻底醒来后,她就不介意了。她会让我用手指抚摸她,还会闻闻我手指的味道,然后继续吃东西,同时留意着我。有三次,她突然完全吓蒙了,四脚朝天地躺在地上,猛烈地踢腿,抖成一团。在这种情况下,她会发出一种急促的叫声,每次我都以为她会死,所以我对于逗弄她越来越小心了。但有趣的一点是,她会从这些恐慌发作中缓过来,继续吃得津津有味,还若无其事地清洁自己。我倾向于相信她是在装死。

"我见到她做过的最有趣的事,是爬到水杯的杯沿上坐下,把两只小前爪放下去,舀起一大捧水,洗她的小脸和小脑袋。她把脸弄得很湿,就像人洗脸一样。她吃葵花子,刚睡醒的时候会长时间闭起一只眼睛。苹果花开了以后,我就一直往她的盒子里放花,比如苹果花、樱桃花、云杉花、枫树花等。我还用大量优质新鲜的乡村泥土给她的盒子消毒。但她还是喜欢那些旧羊毛和羽毛,还有一个小钢琴除尘掸子。"

这只跳鼠时断时续地一直冬眠到次年五月。在一个潮湿、寒冷的早晨,伯特小姐想给她的宠物加些保暖的东西,因为小家伙摸起来似乎格外冰冷。"她的羊毛铺盖已经一点点地减损了很多,尽管她还剩下一条很好的毯子,还有身上盖的羽毛掸子——那是她很久以前就挪用的。所以我决定带一些法兰绒到学校,而当我打开盒子给她添加衣物时,又发现她像你看到的那样蜷成了一团。我小心翼翼地把她包好,裹得严严实实,放回原处。上午晚些时候,

XIII. 野生小鼠

我偷偷朝盒子里看了看,她还醒着。下午,我把她裹着小毯子拿了出来,看着她。她正睡着,但突然惊醒了,看到自己不在盒子里,吓得抬起了一只小爪子。她剧烈地颤抖着,我急忙把她放回盒子里,但还没来得及给她盖上被子,她就吓得倒下死掉了。"伯特小姐补充道,"我让人把她泡在了酒精里。她的一只小爪子就那么哀求地举着,让人想到导致她死亡的正是过于敏感的神经。"

XIV.

GLIMPSES OF WILD LIFE

野生动物拾趣

看到大自然重新展示自己的力量总令我欣喜万分，即使在十一月那个明净的夜晚损失了几只鸡，我甚至也从中获得了某种安慰。当时，某种野生动物，浣熊或是狐狸，把我养的两只鸡从常青树丛中赶了出来，他们被匆匆追过草坪时发出的刺耳尖叫把我从床上惊醒，但我也只能跟在后面向他们大喊道别。野性自然的突然闯入让我重新关注了鸡舍。我觉得还有必要提醒孩子们不要惊扰野兔，他们夏天在我的醋栗地里繁殖，秋天则在我书房的地板下避寒。黄昏时分，我偶尔会在草坪附近瞥见他们，那棉花一般的尾巴在昏暗的暮光下一闪一闪地发亮，带给我真正的愉悦。我曾经为打一只山鹬而走很远的路；但就算可以，我也决不会杀死在一个秋日清晨见到的那只。当时，我正走到房子的那一边，而她从覆盖着粗木门廊的葡萄藤中惊飞起来，给我的家门口带来了多少森林的气息，多少野性自然不可驯服的精神啊！目送她像一阵旋风般地飞向葡萄园，真是令人相当振奋和愉悦。我还得感谢一只灰松鼠给我带来的片刻惊喜。那是一个夏日，他发现我的避暑小屋在他往来的路线上，于是大胆地径直从中横穿，几乎从闲坐翻书的我的脚面上跑了过去。

我确信那个寒冷的冬日清晨让我胃口大开。当时旭日东升，我们正要坐下来吃早饭，一只红狐从窗前轻盈地飞奔而过，目不斜视，很快消失在醋栗丛中。他的野性和狡猾真是无与伦比！他优雅的身姿和动作在我脑海中浮现了一整天。当你看到狐狸这样大步奔跑时，你就看到了犬科家族的诗意。它带给眼睛的享受就如同行云流水的曲调带给心灵的愉悦，那样从容，那样轻快。毛茸茸的狐狸犹如一大朵鲜红的蓟花随风飘荡，又像一根在风中飞舞的羽毛。我还记得一件有趣的事情，那是十二月的一个夜晚，寒潮袭来，一只麝鼠跑到门口。他是想寻求庇护，还是犯糊涂了？我的几只狗把他堵在了门道的一个角落里，吵得沸反盈天。黑暗中，我以为是一只猫，就把手伸下去摸了摸。麝鼠跳到了门道的另一个角落，他冰冷、绳子般的尾巴打到了我的手。我点燃一根火柴，瞥见他像土拨鼠一样坐直起来，直面他的敌人。我急忙冲进屋去拿灯，希望能活捉他，但还没等我回来，胆大起来的狗就已经了结了他。

据我所知，我只遇到过一次浣熊登门拜访，但恐怕我们没有给予他应有的热情款待。他白天住在一棵挪威云杉上，那棵树的枝条几乎触到了我们的房子。我注意到，狗一整个下午都对那棵树非常好奇。晚饭后，他的好奇心达到了顶点，不断自信地大叫。

XIV. 野生动物拾趣

于是我开始调查，本以为会发现一只奇怪的猫，或者最多是一只红松鼠。但仔细观察片刻后，我发现原来是一只浣熊。接下来的问题是如何抓住他。我找来一根长竹竿，试图把他从树上赶下来，而他在树枝间自如穿梭的本领令我们钦佩不已。但过了一会儿，他轻巧地跳下地，丝毫没有惊慌失措，立刻对人和狗都戒备起来。狗是个胆小鬼，竟然不敢面对他。当浣熊分心时，狗就冲上去，我们中的一个人试图抓住他的尾巴，但浣熊飞快地转过身，黑眼睛烁烁闪亮，让人不敢轻易抓他。最后，在他与狗打斗时，我抓住了他的尾巴，把他安全地放进一个敞开的面粉桶里作为我们的俘虏。

我和小儿子期待着能跟他一起玩得开心。他当天就吃了东西，第二天还当着我们的面吃栗子。他从未表现出对我们或任何事物有丝毫恐惧，却不遗余力地想要重获自由。几天后，我们在他的脖子上系了一条皮带，再用链子拴住他。但在夜里，他耍了些小把戏，解开链子逃走了。我相信，他现在肯定当上了他们部落的族长，神气地系着一条皮领带。

臭鼬迟早会光顾每个农场。一天晚上，我差点就在自家门槛上和一只臭鼬握手。我以为那是只猫，便放下手去抚摸他，这时对方可能意识到了我的错误，便向河岸走去，我看到他身上的白色条纹，这就是我刚才要招呼的猫啊。臭鼬可不容易受惊，而且对于在何时才需要使用他可怕的武器似乎很有判断力。

我曾多次接受土拨鼠的拜访。一天，一只土拨鼠从我书房敞开的门探头向里看，嗅了一会儿后，因为不喜欢他在这里不得不啃的苜蓿的气味，便转身去找更好的牧场了。另外一只在我们吃饭时闯进了厨房。几只狗立即向他发起挑战，在门槛上展开了激烈的打斗。我以为是狗在打架，急忙跑去把他们分开。就像麝鼠突然出现在寒冷的十二月夜晚一样，这件事意外地发生在令人昏昏欲睡的夏日中午。

最有趣的土拨鼠事件发生在仲夏的一天。当时，我们正在一个新栽种的葡萄园里干活，开耕耘机的人看到他前面几码远处有一个灰色的大东西。起初他很疑惑，走近一看，发现那是一只老土拨鼠，嘴里叼着一只小鼠，而且是像猫一样叼着宝宝的颈背。显然，她正举家迁往新的牧场。当耕耘机的司机挡住她的路时，她停了下来，考虑该怎么办。司机叫我，我便慢慢走了过去。土拨鼠妈妈看到我从侧面逼近她，突然惊慌失措起来，扔下幼崽，仓皇逃向10杆或12杆远处一大堆搭葡萄架的桩子那里躲避。我们紧追不舍，在她离避难所只有一跳之遥时追上了她。我拽着她的尾巴，把她拎回了她的孩子身边，但她不理会。她现在只关心自己的安危了。小家伙还留在他被扔下的地方，不停地发出勇敢而宽慰人的尖叫，这与他暴露在外、完全无助的处境形成了可笑的对比。他是我见过的最小的土拨鼠，比一只大老鼠大不了多少。他的头和肩膀与身体相比显得太大了，看上去十分滑稽。他还不会走路，从来没有到地面上来过。每过一小会儿，他就会欢快地尖叫一声，就像安全躲在洞里的老土拨鼠听着农家狗在外面大声狂吠时会开心地打呼哨一样。

我们把小家伙带回了家,我的小儿子为将有一只驯服的土拨鼠而兴奋不已。直到第二天小鼠才开始吃东西。后来,他尝到了牛奶的味道,便迫不及待地紧紧抓住盛牛奶的勺子,像小猪一样吮吸起来。我们都被他逗得哈哈大笑。他吃得很香,长得很快,不久就能跑来跑去了。

由于土拨鼠妈妈已经死了,我们开始好奇她的其他家人的命运,她无疑还有更多孩子。她是已经转移了他们,还是我们在她第一次搬家时就拦截了她呢?我们知道旧巢在哪里,但不知道新巢的位置,所以还要继续观察。快到周末时,我们路过旧巢,发现有三只小土拨鼠在离巢穴入口几英尺的地方爬来爬去。他们饿坏了,所以出来看看能找到什么吃的。我们把他们全都抓住,土拨鼠年轻的大家庭又团聚了。当这些饥肠辘辘的可怜小家伙尝到牛奶的味道时,他们把勺子抓得多么紧啊!这真让人忍俊不禁。他们黑亮的小爪子是那么灵巧,那么光滑,仿佛戴着儿童手套。小俘虏们靠喝牛奶茁壮成长,后来开始既喝牛奶又吃苜蓿。

但新鲜感过去之后,我儿子发现做这个大家庭负责任的养母实在不胜其烦,于是他把他们都送人了,只留下一只,就是最初捕获的那只,他比其他那些都长得快。这只小土拨鼠很快就成了一只非常有趣的宠物,但他总是抗议别人碰他,而且总是反对被关起来。我还应该提到,我家的猫生有一只和土拨鼠年龄相仿的小猫,猫妈妈的奶水多得小猫吃不完,所以我们在刚抓到小土拨鼠的时候，就经常把他和小猫一起放在猫的窝里，猫妈妈则把他当作自己的孩子一样温柔以待，让他自由地吃奶。就这样，小猫和小土拨鼠之间建立起了友谊，一直持续到土拨鼠死去。他们就像两只小猫一样在一起玩耍，在草地上扭抱摔跤，滚成一团，十分有趣。最后，土拨鼠住进了厨房的地板下，逐渐恢复了半野生状态。除了小猫，他不允许任何动物和他亲近，但每天他们俩都会玩一两轮以前的打闹游戏。现在，小土拨鼠已经半大不小了，开始自食其力。有一天，长期以来一直用妒忌眼光看着他的狗，在他离躲避处太远的地方遇到了他，小土拨鼠的一生就当场结束了。

七月，我们发现一只快要饿死的小灰兔，对他产生了浓厚的兴趣，连小土拨鼠也忘了。小兔袖珍到可以坐在人的手心里，他的母亲可能遭遇了什么意外。这个小家伙看起来无精打采，孤苦伶仃。我们不得不把牛奶硬喂进他的嘴里，但一两天后，他就开始活跃起来，会津津有味地舔食牛奶。不久，他开始吃青草和苜蓿，然后啃起甜苹果和早熟的梨来。他长得很快，是我见过的看起来最柔软、最温良的宠物之一。在一个多月的时间里，这只小兔子是我唯一的伙伴，极大地给我解了闷。我从田里或工作地回来时，总会给他带一束红苜蓿花，他变得非常喜欢这些。有一天，他开始偷偷舔我的手，我发现他想吃盐。于是，我把手指都沾湿，蘸上盐，递给小兔。他纤巧的小舌头从大门牙两边忽左忽右地探出来，在我的手指上飞快地舔着，修长的小爪子紧贴着我的手，好像要摁住它！

但事实证明，这只兔子真的难以驯服，他的野性是压抑不住的。在大盒子做的监狱里，他除了头顶的树什么也看不见，他很温顺，有时会在我的手边嬉戏玩闹，还用前爪轻轻打我的手。但是，一旦把他在房间里撒开，或是给他脖子上系一根绳子，然后放到草地上，他所有的野性就会喷薄而出。在房间里，他会跑来跑去，躲躲藏藏；在野外，他会拼命想逃跑，当你拉紧拴他的绳子时，他就又蹦又跳。到了晚上，他也总会试图从牢笼里逃走。最后，当长到三分之二成年体型的时候，他成功逃脱，我们再也没有看到过他。

XV.
A LIFE OF FEAR
充满恐惧的一生

一天早上,我坐在窗前,看着一只红松鼠从一棵小山核桃树上采摘坚果,然后把它们储存到他河畔的洞里,不由自主地想到野生动物这种终日被恐惧和忧虑包围的生活状态。我试着想象:假如我自己或我们当中任何人的生活就是这样,总困扰于数不胜数的真实或臆想的危险,我们又何以自处呢?

松鼠动作敏捷,会飞身上树,从树下到树顶,只见一道褐色条纹瞬间划过。然后他会叼起坚果,再十万火急地从树顶冲下来。他的巢穴离树不超过3杆远,但在半路上,他还要冲上另一棵树几码高去瞭望。如果附近没有危险,他就会一头扎进自己的巢中,不过眨眼的工夫就又冒出头来。

为了回去摘下一颗坚果,他会再次爬上半路的那棵树眺望四周。确信没有危险后,他就一路飞奔到结坚果的那棵树下,像以前一样冲上树顶,摘下果子,然后跑回他的隐蔽处。

在我观察他的半个多小时里,他在往返巢穴的路上从未忘记中途上树瞭望。他的模式是"摘了就跑"。似乎有个声音一直在对他说话。"小心！小心！""猫！""老鹰！""猫头鹰！""拿枪的男孩！"

那是一个阴冷的十二月的早晨，一场严寒凛冽的暴风雪即将来临，细碎雪花刚刚开始飘落，松鼠迫切地想要及时采摘完他的坚果。他这样匆忙、焦虑和紧张，使我于心不忍，想出去帮他一把。他采集的是很小又没有多少肉的山核桃，我不禁想，他得啃得多辛苦，才能吃到这种坚果里那点可怜的果肉。有一次，一只松鼠住在大门附近的围墙里，我儿子很同情他，就帮他把坚果一个个敲碎，放在树上的一个小木板架子上，这样他就可以坐在那儿轻松地吃了。

红松鼠在过冬方面可不像花栗鼠那么未雨绸缪。他储备食物毫无常性，总是时断时续，也永远存不够度过整个冬天的量，因此整个季节都或多或少地在觅食。早在十二月下雪之前很久，花栗鼠就会连续数日忙着往家里运粮，颊囊里塞满坚果、玉米粒或荞麦，一小时跑回洞里一趟，直到他储物箱里的食物足够吃到来年四月。整个冬天他都不需要，而且我相信他也不会，踏出家门半步。不过，红松鼠更相信运气。

红松鼠虽然机警而戒备，但还是经常被猫逮住。我的像乌木一般黝黑的猫咪尼格就很清楚松鼠肉的味道。我知道红松鼠还曾被黑蛇抓住并成功吞下。毫无疑问，黑蛇早就对他设了埋伏。

这种恐惧，这种对于野生动物来说无处不在的危险来源，我

《红松鼠》

1578年,汉斯·霍夫曼 绘

美国国家美术馆

们知之甚少。在文明国家中,在这方面比这些小动物好不了多少的人,可能就只有俄罗斯帝国的沙皇了。他甚至不敢像松鼠那样公开采集坚果,因为一只比尼格更黑、更可怕的猫会埋伏着等他,并且会把他当作一顿美餐。美国的早期定居者一定经历过类似的怕被印第安人抓住的恐惧。现在,许多非洲部落也生活在同样一种对奴隶捕手或其他敌对部落的持续恐惧之中。我们的祖先在史前时代就知道恐惧是一种持续的感觉。因此,与年轻人或成年人相比,婴儿和儿童的恐惧感更为强烈。婴儿几乎总是害怕陌生人。

在家畜中,幼兽的恐惧感也比老兽强烈得多。几乎每个农家男孩都见过一头刚出生一两天、被母亲藏在树林里或偏僻田野里的小牛,在第一次被发现时狂叫着朝发现者怒冲过去。不过,在初次的恐惧迸发之后,他们通常就会平静下来,像长辈那样安心过驯顺平淡的日常生活。

对大多数野生动物来说,永远的警惕是生存的代价。其中只有一种动物的野性让我无法理解,那就是普通水龟。为什么这种动物如此胆怯?谁是他的敌人?我不知道有什么动物会捕食他。然而,当这些水龟在木头或岩石上晒太阳时,他们是多么警惕和多疑啊。当你离他们还有好几码远的时候,他们就会滑入水中,消失不见了。

另一方面,陆龟几乎从未表现出一丝恐惧。当你离他很近时,他确实会停下脚步,但在你用脚或手杖戳他之前,他是不会缩进壳里的。他似乎没有敌人。但小星点水龟却羞怯得不得了,仿佛

XV. 充满恐惧的一生

他是每只动物都在寻觅的精致小点心一样。有一次,我确实发现了这样一只,狐狸在冬天把他从泥地里挖了出来,叼着走了几杆远,又丢在了雪地上,好像觉得他实在没有什么用处。

我们可以理解臭鼬的无畏。除了农场里的狗,几乎所有动物都给他让路。所有动物都畏惧他的可怕武器。如果你在黄昏的田野里散步时遇到了臭鼬,很有可能是你躲开他,而不是他躲开你。他甚至会追赶你,只为了看你逃跑的乐趣。他跳着华尔兹向你走来,显然兴致勃勃。

在我们熟悉的野生动物中,浣熊可能是最勇敢的。有谁见过浣熊胆怯退缩?他面对任何不利情况都能镇定自若。我曾见过一只浣熊在地上被四个人和两条狗团团围住,但他没有一刻失去理智,或是表现出半点畏惧。浣熊的胆量可想而知。

狐狸是一种野性十足又极其多疑的动物,但奇怪的是,当你突然与他面对面时,也就是当他被捕兽夹夹住或被猎狗追赶得走投无路时,他的表情不是恐惧,而是羞愧和内疚。他的身体似乎缩小了,屈辱感使他抬不起头。他知道自己是个惯偷吗?这就是他感到尴尬的原因吗?狐狸除了人类没有天敌,而当他被公平地智胜时,他明显的羞愧之情简直溢于言表。

在兔子心中,恐惧无时不在。她的眼睛几乎都要瞪出眼眶了!她能像鸟儿那样前后左右、四面八方无死角地看东西。狐狸追捕她,猫头鹰追捕她,猎人追捕她,而她除了速度没有任何防御措施。她总能很好地躲藏起来。北方野兔会躲在最茂密的灌木丛中。野兔或兔子在穿过一片开阔地时会像老鼠过街一样匆忙。老鼠有被鹰扑到的危险，而对于野兔或兔子来说，这样的危险来自雪鸮或大角鸮。

一天早上，我的一位朋友追踪着一只兔子的新足迹穿过开阔的田野。足迹突然消失了，好像这只兔子凭空长出翅膀飞走了——也确实如此，但是以一种很不幸的方式。在兔子最后一个脚印的两侧，雪地上有几条平行线，那是大猫头鹰的翅膀留下的。是他俯冲而下，把兔子抓走了。洁白平整的雪地上就这样写下了一出小小的悲剧！

兔子不怎么聪明。有一次，我当时还是个孩子，看到一只刚被抓住的兔子在开阔地上被释放了，离他几码远处有一只被牵着的狗。这只可怜的兔子却完全昏了头，很快就被笨拙的狗逮住了。

有一次，一位猎人看到一只野兔在兰奇利湖岸边的冰面上奔跑。很快，一只猞猁开始对他紧追不舍。野兔发现自己被追赶后，立刻开始绕圈，真是太蠢了。这给了猞猁很大的优势，因为他可以在更小的范围内追击。很快，野兔就被追上并抓住了。

我见过用红松鼠做的类似实验，结果却截然相反。那个用铁丝捕鼠器捉到跳鼠的男孩养了一只非常聪明灵活的狗，体型和狐狸差不多大。狗似乎非常确信，只要没有树挡道，他在任何情况下都能抓住红松鼠。于是，小男孩带着笼子里的松鼠来到一片空地中央，而那只狗似乎知道主人要做什么，围着男孩欢蹦乱跳。当时正值隆冬，他们脚下的积雪冻得非常坚实。男孩把狗往回拽

XV. 充满恐惧的一生

了几码,又把松鼠放了出来。

接着,我很长时间以来目睹过的最激动人心的比赛之一开始了。松鼠和狗似乎都没把这件事当儿戏,但观众还是忍不住笑得前仰后合。松鼠的智慧无处不在,随时都能派上用场。他丝毫没有表现出慌张。在公平的赛跑中,他绝不是狗的对手,而他在不到三秒钟的时间里就意识到了这一点。因此,如果要赢,他必须靠策略。逃往最近的树不能跑直线,而是要走"之"字形,是的,走个双"之"字形或三"之"字形路线。狗每时每刻都确信松鼠逃不出他的掌心,但每一刻他又很失望。这让他感到不可思议和困惑。松鼠左躲右闪,狗则显得又惊又恼。然后,松鼠从敌人的后腿之间钻了出去,朝树林连跳三下才被发现。我们笑得几乎要岔气了,尽管这看似有些残忍。

松鼠显然必赢。狗似乎开始加倍努力了。他时而赶超了猎物,时而又冲到松鼠的左边或右边,但松鼠体型较小,很容易就能躲开狗。再一跃,松鼠就上了树,狗则是满腔困惑和厌恶。他简直不敢相信自己的感觉。"在这样的空地上抓不到松鼠?走,我非抓住他不可!"狗朝树上跳去,跳到了一个人头顶的高度,然后愤怒而懊恼地咬了一口树皮。

男孩说,从那以后,他的狗再也不吹嘘自己能抓到红松鼠了。"要是周围没有树就好了!"

当任何鸟类以上述方式进行生死角逐或任何其他竞赛时,松鼠的那套战术就行不通了。追捕者绝不会追过头,也不会追偏了。

两者的追与逃完美合拍，就好像他们都是同一个整体的一部分。鹰会沿"之"字形路线追逐麻雀或知更鸟，而不会因为任何左冲右突使飞行出现丝毫偏差。追捕者以致命的精确度牢牢掌握着线索。无论麻雀或其他小雀鸟如何快速或频繁地改变路线，敌人都会同时改变，就好像追捕者从开始就对猎物此后会有的一举一动全都了如指掌一样。

　　在鸟类的求爱追逐中也可以发现同样的情况。追逐者似乎完全了解被追逐者的心思。鸟类之间的这种行动协调非常奇特。当他们处于警戒状态时，一群麻雀、鸽子、雪松太平鸟、雪鹀或乌鸫会同时起飞，整齐得如同只有一只鸟，而不是一百只。每只鸟在同一时刻感受到同样的冲动，就像他们同时被电击了一样。

　　当一群鸟在飞行时，他们仍然是一个整体，具有一种意志；他们会以着实惊人的统一性上升、盘旋或俯冲。

　　一群雪鹀在空中进行动作变换，其精确度连最训练有素的军队都无法匹敌。难道这些鸟儿还有我们没有的感知能力？树林里的一窝小山鹑会像爆炸一般齐刷刷地飞起来，每一个棕色的粒子和碎片都会在同一时刻被抛向空中。没有语言，也没有信号，这是怎么做到的？